新版

小学语文同步阅读

京剧趣谈

JINGJU QUTAN

徐城北

著

长江出版传媒 长江文艺出版社

目录

第一辑

京　腔

3　　猴戏领进门

10　行当有啥用

19　脸谱处处有

26　武打真奇妙

33　韵白听不懂

39　唱的不是歌

49　京剧趣谈

52　一桌与二椅

59　锣鼓心中敲

66　风从四方来

74　梦游迪斯尼

81　未来的京剧

第二辑
京　味

87　梨园没不爱吃的

89　南白北马

91　酸梅汤的那一"舀"

93　北京"城"的吃

第三辑

京 韵

99　永远的中轴线

102　悠悠的胡同

106　春节时，三声入耳

110　最后的圆明园

第一辑　京腔

猴戏领进门

"师傅领进门，修行在个人。"——这是一句很古老、又很实在的话。

无论干什么事，都应该找个好师傅。好师傅的作用，就是用最简便、最有效的办法把徒弟"领进门"。大家或许认为，师傅就是班主任和任课的老师，可我觉得，师傅首先是你们的课本。你可以想一想，一上小学，为什么要先学算术？为什么不直接去学初中的代数、几何和三角？为什么不直接去学大学的微积分？如果一上来就学代数、几何、三角，不把你弄蒙了才怪！弄蒙了还怎么学？

按照我的理解，京剧里的"一年级算术"应该是猴戏。你要不信，就跟着我一起进一回剧场。

大幕已然拉开——

花果山，水帘洞。你对简单的布景肯定不满足，因为从幼儿园开始，老师就开始为你讲《西游记》的故事，老师早就仔细描绘过那里的天、那里的地、那里的云彩和那里的果树，一切都是那么活生生的。而眼前的这个舞台，只摆着几个纸片片做成的石头景片，天幕上就画着几片云朵。你肯定不能接受：太简陋了！

戏不等人，不等你去慢慢思考。

一阵震天的锣鼓响过，两行扮演小猴儿的演员急匆匆走上，每人手中都拿着一把大旗。他们按"八字"形状摆开，立定不动，仿佛在等待。

你忘掉了刚才的不满足，眼睛只盯着台上，仿佛也在等待。

又是一阵震天的锣鼓。一个大个子演员快步走上。他头戴紫金冠，帽子上竖起两道长长的雉尾翎，身穿黄色的袍子。他弯下腰，用宽大的袖子遮挡着脸部，"噌噌"几步就走到台口。你急于知道他长什么样子，可他偏偏不肯放下袖子，而是向左晃晃身躯，再向右摆摆肩膀，就是不肯暴露自己的真面目。他真坏！

《闹天宫》之孙悟空

终于在第三阵锣鼓中，他猛然摆下了袖子，把自己那张毛茸茸的脸投向了你——原来，脸的中部是一个倒置的"红葫芦"，上面用金色和黑色勾出眼睛、鼻子和嘴巴，葫芦之外则是棕色的猴毛。还没容得你仔细打量，这位"大猴"的眼睛眨动起来，一下接一下，煞是好看！转瞬，他又抓耳挠腮起来，没一会儿老实劲儿！

观众席中欢呼起来："孙悟空——孙悟空——"

在这一刹那，你可能想起第一次进动物园的情景——

老虎吼叫着，凶猛地抓着笼子的铁栏杆，脑门儿上的"王"字似乎鼓了出来，仿佛想冲出来咬人。

狮子懒洋洋地睡着觉，甚至你扔一块小石子儿到他身上，他也懒得理睬；如果你扔的次数多了，他就慢慢站起来，在铁笼子里来回踱步；最后，他把屁股对着你，突然——"挤"出几滴热尿，飞射到你的脸上！

北极熊泡在宽大的游泳池中，他一边游一边想：为什么水面上没有浮动着的冰块儿呢？这里的天气比起北冰洋，实在是太热了！

在几块竖立起来的石头前面，熊猫一边文静地吃着竹子，一边展开遥远的回忆——是在"箭竹开花"那灾难之年，自己正在走投无路之际，才被人类"请"到这里来的。

一间间的鸟房分割开来，各种小鸟鸣叫着，扑棱着翅膀在笼子里飞。尽管这里有吃有喝，也有光秃秃的"树"，但是他们依然仰望头上的蓝天白云，依然思索着"自由"两个字。

金鱼在水缸里游动，几根水草就使它感到天地无限。

……

都新鲜，都有意思，都好看，然而最让人眼前一亮的还是猴山——在用各种散碎石块儿堆成的大山上，成群的猴子或坐，或爬，或打架，或追逐，或玩耍，或亲昵。在高耸的石头之间拉上了长长的铁链子，猴子便用四肢勾住铁链儿，整个身子下垂在铁链的下面，一下一下地向铁链的另一头爬去。猴山上还少不了秋千，小猴子荡秋千会使许多小孩子手脚痒痒……

你扔过去一个梨，它接住吃了，知道要吐核儿；你扔过去几粒花生，它接住了，先剥去外面的壳儿，再吃里面的仁儿。它吃得高兴了，像人那么站立起来，高高地伸出两只爪子，向你"还要"——你也许嫌它贪得无厌，也许想逗它、耍弄它一下，于是用一张糖纸包上一块小石头儿扔过去。它高兴地接住，也许还向你敬个礼。然而一剥开糖纸，发现你是在愚弄它，便会气愤地转身而去。脾气大点的猴子，说不定会把一块石头向你"砍"回来……

猴儿学人，人也在学猴儿。猴儿和人（特别是和小孩儿）是息息相通的。以往的你，往往认为自己最聪明、最伶俐、最调皮、最滑稽，会认为这些都是自己所独有的，因为大人们在这些方面就不如自己。然而一旦到了动物园，你会发现猴儿（——只有猴儿！）才和你最相似也最亲近，它们同样最聪明、最伶俐、最调皮、最滑稽……我猜，这些想法，可能就是你在观看猴戏最初的一刹那中所想到的。

其次，你又会在一刹那中，回忆起有关《西游记》的各种故事。那是在很小的时候由老师或者家长讲给你听的。

这些故事都讲到了孙悟空——他原本是只猴儿，后来变成了神仙，可是不知怎么的，他还具有一个"人"的优良品质：

他有一双火眼金睛，能一下子看出几千里远，更能一下子看清对面站的是好人还是妖怪；

他有一根金箍棒，专打妖魔鬼怪，而且千变万化，只要向空中一扔，嘴里念句咒语，想让它变什么，它就能变什么；

他脑门儿上还有一条金线一样的印痕，抓不断也挠不去。这是当初观世音留下的惩罚，只要他不听话，观世音一念咒语，那印痕就深深地向脑袋里面"箍进去"，疼得他满地打滚儿，后来观世音把咒语传给了唐僧，唐僧就随时可以处罚他，也不管自己说得对不对。比如，他明明用火眼金睛看破了妖怪的真面目，可唐僧是凡人，一点也看不出来，于是就念"紧箍咒"惩治他，甚至把他赶走。谁知他前脚刚走，妖魔后脚就到，放心大胆地迫害唐僧，最后还得猪八戒到花果山去请他回来收拾妖魔……

就这样，随着这些《西游记》故事，随着连环画、动画片进入你的视野和脑海，孙悟空也就牢牢地在你头脑中扎根了。每逢过春节，时常能碰到孙悟空的面具和金箍棒玩具出售，男孩子们总是踊跃购买，拿回家里好一阵耍弄，好痛快、好过瘾呀！现在，你随着我偶然走进了京剧剧场，并且偶然地观赏起京剧中的猴戏来了。就在孙悟空撩下衣袖的这一刹那，就在观众们震耳欲聋的欢呼声中，京剧这一种艺术，京剧这一种中国古老深厚的文化，可以说就已经被完全地、彻底地接受了！

我这样说是有证据的——

比如，孙悟空的那张脸，明明是用油彩很仔细画过的，内行人管它叫做"脸谱"。但"脸谱"画在别的人物脸上，你未必承认，可是画在孙悟空脸上，一个倒置的"红葫芦"，上面用金色和黑色勾出眉、眼、嘴巴，多神气，多威风，多逗乐呀！这，难道不就是当初你听故事时，随着幻想的翅膀飞腾着的孙悟空的形象吗？

比如，舞台上孙悟空的抓耳挠腮，虽然只有三下两下，可一下子就能把人带回到童年时代的动物园！但是猴山上下，那些"漫山遍野"的猴儿，也不是什么时候、什么动作都"好看"的；他们还满地拉屎，很臭、很臭的。而现在京剧舞台上的孙悟空，不动则已，一动就能引发你的美妙联想，这还不高明吗？

比如，孙悟空的站相也是不同于动物园的猴子的。动物园的猴儿很少直立起来，而舞台上由人扮演的孙悟空，是美猴王，是齐天大圣，由于是一个很值得赞叹和同情的"人"，所以就必须像人那样站起身子——并且要用站着的姿态，去和周围的"人物"（比如猪八戒、沙和尚、唐僧、牛魔王、铁扇公主、玉皇大帝、如来佛和形形色色的妖魔鬼怪）发生这样那样的联系。这里的联系都是"事儿"，孙悟空"做"这些"事儿"时，得有一个基本的姿态，得有一个基本的"站相""坐相"以及"打相"。于是京剧中的孙悟空，就特别讲究这三"相"。他站立时，重心总是落在一只脚上，另一只脚仅是脚尖点地；手也总是一个在上，一个在下，在上的那只常常倒转过来，手掌朝下地搭在眼眉上面，似乎是为了遮挡阳光，帮助远望。说到坐，大约他的屁股从来不沾椅子，总是一下就蹦到椅子面儿上，蹲在那里和别人有说有道。还有打，因为他已经神通广大了，重要的不是说明他是否能够战胜敌人，而主要是让他通过"打"来表现他的"猴儿气"（换句话说，就是猴子所特有的机灵、聪敏、狡猾、智慧）。

在孙悟空和他周围的人物群像当中，我猜你最喜欢的一准是孙悟空。由他带头演出的京剧猴戏，也就理所应当地被你接受、被你欢迎了。

亲爱的朋友们，如果你还没有看过京剧，那么我建议你第一次就去看猴戏。这样，你就能轻轻松松地被孙悟空这个精灵，领进京剧的大门。

行当有啥用

行当是京剧一种总的表现方法。生活中人海茫茫，世界几十亿人口，绝找不到两个完全一样的人。戏剧舞台上也是人海茫茫，也应该找不出两个完全一样的人。

怎么去扮演茫茫大海中的这一个具体的人呢？不同的艺术有不同的办法。

话剧、电影的办法是"一步到位"。就是说，演员在接到剧本之后，要认真研究自己即将扮演的那个人物，研究他在一个什么样的矛盾当中生活，研究他怎么样对待周围的人和事，最后得到了怎样的结局。演员要根据自己的生活经历，去设想人物的性格神态，去设计人物的习惯动作，要琢磨他在进入"这一剧本"之前有哪些经历，必要时要替人物写一本"自传"。这样，上台演出时就感到心里有底。甚至还要设想闭幕之后，这个人物应当向何处去，他的人生最后的结局又在哪里。应该说，这些问题不是那么好想的，或者说，不是坐在家里就能一一想清楚的。那又怎么办？办法也有，"深入生活"，到生活当中去寻找。

20 世纪 50 年代初期，北京人民艺术剧院排演老舍先生的话剧《龙须沟》，总导演焦菊隐先生指导演员深入生活，扮演程疯子的于是之当时还很年轻，尽管自己身上确有一些和程疯子的相似之处，他还是遵照焦先生的指示，一再深入到北京底层人民的日常生活当中，去寻找这一个人物的踪影。他"七拼八凑"（——这绝不是贬义词，鲁迅先生也说过自己写小说时，要把不同地区人物的不同装饰、不同特征"合并"到一起的话），最后终于扮演出一个活灵活现的程疯子。后来，他坚持这一创作方法，又陆续创造出老马（《骆驼祥子》）、王掌柜（《茶馆》）等一系列人物形象。应当说，这一种创作方法已成为整个话剧、电影界的习惯性做法。大家都知道电影演员张丰毅吧？他就用这种方法先后创造出祥子（电影《骆驼祥子》）、傅冬（电影《龙年警官》）、韩信（电视连续剧《淮阴侯》）等生动而又绝不雷同的人物形象。

话剧、电影这种"一步到位"的创作方法，有什么优点和缺点呢？先说缺点：它的成活率低。你想，扮演对象如果是演员所不熟悉的，演员即使通过短期的深入生活，也很难把这个人物刻画得栩栩如生。每一个人的经历和才华都是有限的，演员也是人——甚至也是和咱们一样的普通人，他又怎么能在极短的时间内把一个完全陌生的形象树立起来呢？而现在排演话剧和拍摄电影的周期都比较短，剧本发到演员手里，容不得演员仔细思考，马上就要进排演场或者上镜头，没有时间等演员慢慢想、慢慢琢磨。

但是也有优点。如果演员本身的素质就接近所扮演的人物，也有一些生活方面的积累，那么，接到剧本之后，经过短期的生活体验，也许就又能有新的发现，或许就能"一步到位"，把真正体现着个性光辉的人物形象，一下子就"端上"舞台、银屏，让观众感到真实无比。往往由同一个演员扮演的不同人物，能够真实到掩盖了演员个人面目的地步。比如话剧演员于是之，他扮演的程疯子、老马和王掌柜，一个赛一个的"活泛"，一个赛一个的真实，观众一见到这些形象，一下子就分别进入到他们各自活动的天地之中，而完全忘记了演员——忘记了是由于是之扮演的这一事实。

京剧创造人物的办法则完全不一样，它习惯"两步到位"——第一步先到"行当"，第二步再到特定、具体的人。到这儿，就要说说什么是行当了。

前边说过现实生活中人海茫茫，绝没两个人完全一样。话剧、电影演员"深入生活"的目的不过就是去"找"——去"找"一个和剧本人物类似的人。能找到吗？找到的至多只是"接近"而已。几十亿人口，你哪儿找去？何况还有古人呢？京剧的思路就很不一样，它知道不好找，也就不在"找"字上边下那么大的功夫。京剧把茫茫人海中的不同的年龄、性别和性格先行"归类"，把相似的先"归"到一块儿，这每"一块儿"就叫做一个行当。比如，把成年男子当中性格平和、大方、朴实、忠厚的人，统统"归"作"老生"；把青年、成年男子当中身体健壮、武艺高强的人"归"作"武生"；把年轻儒雅的男子"归"作"小生"——并把这三类人统称为"生"。京剧把青年、中年妇女当中端庄、娴静的，"归"作"青衣"；把活泼、伶俐的"归"作"花旦"，把有武艺、敢见义勇为的"归"作"武旦"或"刀马旦"，把年老的"归"作"老旦"——也把这几类统称"旦"。京剧还把性格勇猛、刚强、粗暴、残忍的男性"归"做"净"，其中稳重些的称为"铜锤"，浮躁些的称为"架子（花）"，经常动武的称为"武二花"。京剧还把那些诙谐、幽默、琐屑的人物"归"作"丑"，其中光卖卖嘴皮子的，又叫做"文丑"，那些靠武艺吃饭的则叫做"武丑"。如果按照大类去分，京剧把茫茫人海只"归"成四个大类——生、旦、净、丑；如果按小类去分，京剧也只"归"出老生、武生、小生、青衣、花旦、武旦、刀马旦、老旦、铜锤、架子（花）、武二花、文丑、武丑等十几类。我们平时讲京剧行当有"生、旦、净、丑"，只是最简约的说法。事实上，在编写和排演京剧时，通常采取的是后一种分类方法。

我们可以从生活中找一些人出来，看看他们到底应该属于什么行当。

先找几个当代的中国人。比如焦裕禄，这位兰考县的县委书记，这位为了全县人民鞠躬尽瘁、死而后已的公仆，明明患有肝病，依然带队去考察风沙对于本县各种地形的侵袭……就从抱病探查风沙侵害这一件事（如果用它编一出小戏）讲，他的行当似乎在老生和武生之间。原因是这样的：他需要具备老生的演唱功夫，需要唱出他对兰考的满腔热情，唱出他对治理风沙的坚定信心；同时，他还需要具有武生那样善于舞蹈的基本功，在风沙中行进对于他这样一个患有肝癌的病人来讲，每一步都是痛苦的，然而每一步又都是兴奋的……

不是所有的现当代人物都可以走上京剧舞台。比如鲁迅，用什么行当扮演他？鲁迅从没练过武术，用武生扮演不合适。鲁迅是浙江绍兴人，乡音很重，无论京白还是韵白对他都不合适。鲁迅表面文静，但个头儿小，不能用老生。虽然他内心燃烧着对旧世界的愤恨，但又很难因此就让架子花扮演他。何止鲁迅？其他如近现代各个领域的著名人物，恐怕都不是容易用京剧扮演的。看来，扮演现当代人物并不是京剧的所长。

那么再找几个年代久远的中国人。比如屈原，这位战国时楚国的三闾大夫，他行吟在江边，他痛恨楚王，更痛恨围绕在楚王身边的那些坏人，他热爱家乡，他热爱故国，他最后只能投水而死……从这一幕场景看，似乎比较适合用老生。但是，京剧产生在清朝，以往的京剧很少反映远古的事情，像屈原所在的战国，似乎就太远了一点。

我隐隐觉得，京剧似乎还是反映三国以后直到清朝覆灭之间这一千多年的历史为最好。事实上，京剧也的确成功地反映了这当中若干朝代的许多人物。而过去的京剧艺人缺少书本上的文化、历史知识，由于过去的京剧观众同样缺少这些知识，所以京剧当中的历史人物，和历史学家心目中的历史人物，并不是同一回事。比如诸葛亮和周瑜，历史上的真人，周瑜比诸葛亮岁数大。但京剧舞台上，诸葛亮戴黑胡子，由老生扮演；而周瑜脸蛋红红白白的，用小生扮演。这又是怎么回事？原来，过去的人（包括演员和观众）都习惯把诸葛亮看作是智慧的象征，性格平静安详，自然是老生扮演；同时，又认为周瑜器量狭小，处处想害诸葛亮结果无不失败，既然"小家子气"，就只有用"小生"扮了。看来古人在为他们的古人或者同时代人"分配行当"时，主要的依据不是人物表面的生理特征，而恰恰是特定事件当中的特定心理或者特定性格。

行当就说到这里。而京剧在创造人物时，第一步恰恰就落在行当上。我们可以从以下几个方面说明。

演员们从小进入戏班学戏，不是一上来就扮演张三李四，而是先学很长时间的基本功，然后老师开始打量孩子们的体型、嗓音和气质——原来，老师在心里琢磨："这孩子学什么行当才好呢？"如果孩子好动，跟斗翻得也好，就让他学武生；如果孩子性格粗、急躁，说话也瓮声瓮气，不如让他学花脸；如果品行端直，做事大方，嗓子也亮堂，那么就无妨学老生……等孩子要学的行当定了以后，就分别向教这一行当的老师学戏——无论再学什么戏，也只学其中的这一行当。最后，学同一行当的孩子随老师学同一个人物，由于天分和勤奋方面的原因，渐渐就分出差别来。等以后再学戏，学的人物就不一样了。比如同学丑行，天资好又勤奋的，通常在戏里扮演戏最重的丑行角色，称之"大丑"；天资和勤奋程度稍差的，扮演丑角的戏也少了些，称之"二丑"；再差些的，就只能演"三丑"了，这样发展下去，久而久之，同学之间的差别也就拉大了。

从行当角度说几句京剧团的编剧和话剧、电影编剧的区别。后者本身可以算作作家，至少是剧作家。当他深入历史或现实的生活之后，当他形成了他自己对生活的理解之后，他就可以开始动笔了。这时，他只管他自己——他要把自己想说的话，通过自己的人物都说出来，或者通过自己的人物关系"说"出来——他此时显示在心中的舞台、银幕的世界只是他个人的理想世界。作家心目中的人物根本没有行当，都是比生活中的"活生生"还要"活生生"的人，并且都是"一步到位"的。作家只要自己觉得痛快淋漓了，就觉得完满无比了。等他写完了，交给了导演；导演如果觉得好，就由导演去选择演员，并且指挥演员去体现作家心目中的那个美满的世界。京剧编剧的工作可跟这完全不一样。他最初也会有自己的想法的，但是绝不能匆忙动笔。他得仔细盘算一下，自己准备给哪位主要演员去演，自己心目中的这位主角，从行当讲和那位主演是否吻合？还有，人家剧团的次要演员的行当如何？自己戏里的其他角色的行当，是否人家剧团都有？如果这些问题没有障碍，那么自己胸有成竹之后，就不妨去找那位主演，把故事讲给他听，特别把能够让他发挥个人技巧的细节详细描画一下。如果主演有兴趣，并且在思考后具体参与了意见（比如哪场"我"穿什么服装、"我"来点什么绝活儿之类），编剧就可以动笔了。写完之后，得先拿给主演品评，让他站在个人行当的立场上去"横挑鼻子竖挑眼"。然后交给有关的演员，让这些次要角色也去考虑他们的行当是否合适。等这些问题都解决了，才是"下排演场"的恰当时机……

再讲一下行当和剧团的关系。每个能开锣唱戏的剧团，都应该是行当齐全的，并且在每个行当之中，还得再分出几个档次。还比如丑行，最好的丑被同行称为"大丑"，差一点的称为"二丑"，再差些的就称为"三丑"。遇到一个戏要排演，剧团里的演员不用问就知道自己"来什么活儿"。如果自己平时是"大丑"，那么甭问，剧中戏最重的丑角就一准是自己的。其他行当，其他人，都依此类推。演戏的第一步，就是"我以我的行当的应有水平，把由这一行当所扮演的人物的基本素质演出来了"，也就算完成了初步任务。于是，演员就可以登台公演，这时演员所完成和实现的，就是人物性格的"类型化"。

戏班排戏从不拖拉，因为京剧新戏讲究的是"两步到位"，只要从行当角度讲基本达到要求，就可以拿上舞台。京剧的观众是"奔人"（尤其是奔主要演员）去的，而且是讲究反复"奔"同一个主演的同一出戏去的。只要"人"（特别是主要演员）在戏中有长进（换言之，只要确实能从第一步走向第二步），观众不但不烦，反而兴趣更大。这样看来，京剧排戏有自己独特的规律，先按照行当的模式搞一个粗路子，搞出粗路子就和观众见面；然后演员再精雕细琢，再听取观众的意见逐步提高，最后由"类型化"向"个性化"过渡。这样做成活率高，很少夭亡在"母腹"当中。同时也培养和尊重了观众，演员和观众一起提高。这，大约就是京剧利用行当"两步到位"的重大意义。

脸谱处处有

其实脸谱这个问题，在大家小时候第一次看京剧时，大约就留意到了。为什么在一部分男性角色的面部，要用鲜艳的油彩涂满？而这些人的嗓门儿比其他男性角色都浑厚，动作也比其他男性角色更夸张？如果这时你提出这个问题，大人或许会告诉你："这就是脸谱嘛！"如果你还要再问："为什么男性角色不都这样打扮？为什么另外一些人只化淡妆，眼睛、眉毛处只用黑线勾勒？"这时，大人也许正忙着看戏，常常有些不耐烦。其实他们在年幼时，也许就这样问过自己的家长而没得到圆满答复，现在孩子们又向他们提出来了。

只要仔细再看，就又会发现新的问题——比如，为什么还有一些男性角色，只在眼睛和鼻子中间的那块地方，用白油彩画了一个不大的"豆腐块儿"？这种人物语言幽默，动作也滑稽，他们又是什么人？

让我来简单回答。京剧有"生、旦、净、丑"四种行当的人物，这四种行当的化妆方法也是很不相同的。那种用鲜艳油彩把脸涂满的角色，就是其中的净，也叫做花脸。而只在眼睛和鼻子当中画"豆腐块"的人，则是丑，也叫小丑。"豆腐块"也可以算是脸谱的一种，而且出现较早，但是变化不多，远不像净的脸谱那么丰富，那么有讲究。所以现在一提脸谱，指的主要是净的脸谱。

脸谱是怎么形成的呢？有一个意味深长的故事：北齐时，有一个叫兰陵王的王子，他的脸蛋十分漂亮，就像女人那么俊秀。突然，国家需要他带兵出征，和强大的敌军交锋打仗。他有点慌了，他觉得自己这一张美丽的脸到了战场，是不能给敌人以威吓的。于是，他用木头刻了一副狰狞的面具，在打仗时戴在自己的脸上，一经冲锋陷阵，果然所向披靡。这里的面具，大约就是脸谱的祖先了。

现在，我来讲解三个有特色的京剧脸谱。

发愁的包公。为什么他的黑脑门上要画个白月牙？对此，有几种不同的说法。一说是在包公的幼年，曾给阔人放牛，放着放着困了，在路边睡着了。正巧有大马经过，那白月牙就是被马蹄子踩过留下的伤痕。另外一说是他本事特大——白天在阳间断案，夜晚在阴间断案，这月牙特别是指他能够"夜断阴"。还有一种被引申了的看法，是说过去的世界由于坏人太多，白天也有黑夜的感觉，所以曾有正直的人故意在白天点燃蜡烛，而包公却从心中升起了一弯明月，并且一直升到了脑门儿上并留下印痕，为的就是表现他对人间"如同夜晚一样黑暗的白天"的诅咒……

发笑的张飞。张飞是一张蝴蝶脸，很喜相，很可爱。他在许多戏里都是喜剧角色，所以这一张脸谱很适合表现他的性格。但是，《两将军》①写的是张飞和马超挑灯夜战的故事，戏里的张飞一点也不逗乐，只有威风和鲁莽。于是著名演员尚和玉又为张飞设计了另一副脸谱。京剧还有一出《造白袍》②，写的是关羽和东吴作战，死了，刘备和张飞抱头痛哭，发誓要为关羽报仇雪恨。历来的演员演《造白袍》中的张飞，用的还是充满笑意的那一张脸谱，显然也不合适了。我觉得，似乎应该再为张飞设计一张表示"哭"的脸谱。

哭相的项羽。项羽在京剧里的戏不多，都是表现他最后失败的情景。项羽头上有三个"万"字（左、右和当中眼窝处），每个"万"字写开来，就是"卐"状。采取"万"字有什么寓意呢？原来，中国有句老话，叫做"万字不到头"。当初为项羽制定脸谱的人，大概就寓意于此，认为霸王半途失败，一生的奋斗"到不了头儿"。

即使是同一个人物的脸谱，也不是一成不变的。这又可以分成几层意思来谈：

---

① 传统剧目，别名《战马超》《葭萌关》，讲述了三国时期马超与张飞在葭萌关大战的故事。葭萌关，位于四川广元。若无其他说明，本书注释均为编者所加。

② 传统剧目，又名《张飞归天》。关羽死后，张飞悲愤不已，醉酒后鞭打部下范疆、张达，命令他们造白色盔甲准备报仇，范、张趁张飞熟睡时杀死张飞，投奔东吴。

同一个人物出现在不同的戏里时，由于年龄、地位的不同，更由于矛盾冲突的不同，使得他的脸谱也有所区别。像曹操的早年、中年和晚年，其脸谱是不太一样的。

不同的演员，由于脸形的不同，更由于表演风格上的不同，会对同一个脸谱做出不同的处理。像《霸王别姬》①中的霸王脸谱，自清末的升平署之后，著名演员钱金福、杨小楼、金少山、郝寿臣、侯喜瑞、裘盛戎、高盛麟、袁世海等，都先后成功地扮演了这一人物，但他们的脸谱并不完全一样。

即使是同一个演员演出同一出戏的同一个人物，由于理解的逐渐加深和技艺的逐渐成熟，对脸谱的勾画也会慢慢变化。像袁世海年轻时演出《群英会》②的曹操，只是一味模仿老师郝寿臣。中年以后，他反复琢磨曹操的性格，也试验运用新的勾脸方法和使用新的油彩，便逐渐形成了自己的独特勾法。更重要的，是这样的脸谱和曹操第一次出场时新增添的"涮八字"脚步融合在一起，成为从新的角度刻画曹操时的重要一笔。

---

① 梅派经典名戏之一。秦末楚汉相争之时，楚霸王项羽军队被困江边，项羽与虞姬饮酒作别，二人先后自刎。

② 传统剧目。此剧包括《蒋干盗书》《草船借箭》《苦肉计》《打黄盖》《借东风》等剧之情节，取材于《三国演义》第四十五至第四十九回。曹操率军南下攻吴，蜀将诸葛亮力主联吴抗曹。吴帅周瑜设群英会诱陷魏臣蒋干，又联手诸葛亮设草船借箭、苦肉计、连环计，最后在赤壁之战中火烧曹军战船，大胜曹军。

以上三种变化综合到一起，便形成了京剧作为一种艺术运动的前进。这前进受到时代多方面的制约，也在多方面得到体现。脸谱的发展，便是其中的一个重要方面。

脸谱到底有什么用处呢？我以为，应当有以下几个：

（一）脸谱本身就是一种符号、一种象征。

前边讲过，京剧的男性角色可以有不同的化妆方法。如果是性情平和的人，通常用老生（生的一个分支）扮演；如果是武艺高强又品行端庄的人，可以用武生（生的另一分支）扮演；如果是年轻俊秀的男子，则用"小生"（"生"的又一分支）扮演。以上的化妆有一个共同特点，就是尊重人物在生活中的本来面貌，稍加美化，显得自然朴实。然而京剧还要刻画其他性格的男性——遇到勇猛、粗豪、暴躁、痛快的，习惯用净来演。遇到滑稽、琐屑的角色，可以用丑来扮。这两种化妆方法也有一个共同点，就是敢于离开生活的自然面貌（离形），再加以大胆而又有规律的重新概括（取形），使得性格特点跃然脸上。后两个行当的人物一出台，观众只要一看到他们的脸谱，就不仅知道他们要么是花脸要么是小丑，同时对其性格特征也能了解一个"大概齐"。

（二）脸谱能和所扮演的人物装饰成龙配套，可以帮助完成"性格化"的表演。

京剧中的生（包括老生、武生、小生），面部化妆尊重生活本来面貌，其装饰一般也朴素自然，其性格也更接近生活一些。而净，脸谱离开"生活真实"很远，色彩斑斓、图案复杂，恰巧其装饰的色彩和图案也有相似特点，于是脸谱和装饰融合成一体，有力地帮助花脸人物完成自己那种或勇猛、或粗豪、或暴躁、或痛快的性格的刻画。

（三）脸谱成为京剧舞台美术的集中而成功的体现，成为能独立存在的高水准的艺术作品。

京剧表演的那种写意和写实相结合的风格，从某种意义上说，是在同样风格的京剧舞台美术的支撑下完成的。由此，能够体现京剧舞台美术基本立意的道具，常常具有独立存在的可能性。把一支马鞭拿到大庭广众之前，人们可能由此想起京剧，知道它代表着一匹马，代表着马上的人乘坐它时的种种姿态。把青龙偃月刀拿到大庭广众之前，人们肯定由此想到关羽，想到《古城会》① 或《走麦城》②，想到关羽那一辈古人的种种美德。把脸谱画在宣纸、扇面之上，把脸谱画成泥人、面人，把变了形的脸谱印制在模特儿的时装之上，则可以使人从不同的角度想起京剧，想起了中国悠久的传统文化。在这一点上，京剧其他方面的舞美设计谁也比不了脸谱。

---

① 传统剧目。亦称《斩蔡阳》。关羽在黄河渡口将蔡阳之甥秦琪刀劈马下之后，行至古城，蔡阳率军追来，欲报仇。关羽急命马童进古城向刘备、张飞报信，此前关羽久居曹营，张飞担心有诈，拒绝收容。关羽斩蔡阳自证清白，张飞迎关羽入城。

② 传统剧目。亦称《麦城升天》。蜀将关羽兵败，撤退麦城，途中被吴将截获，中了埋伏，最终遇害。

上面讲的花脸脸谱，以及丑行角色鼻子上的"豆腐块"，都可以算作狭义的脸谱。那么，有没有广义的脸谱呢？当然有的，而且很多，绝对可以说成是"处处有"。

生、旦两个行当的人物，同样也有自己的"脸谱"。老生的化妆最接近成年男子，但是大同中也有小异。马连良在两眉中间的那一块红，习惯由下至上，由深到浅；而谭富英则习惯抹一道刚劲的红线。原因何在？固然和两人的脸形不同有关，但更主要来源于两人演唱、表演风格上的差异。旦行当中，青衣化妆追求庄重，花旦则追求活泼，武旦和刀马旦追求刚劲。

至于舞台上的道具服装，也同样存在着"脸谱化"的特征。纱帽有多少种？官衣有多少种？蟒袍有多少种？刀枪有多少种？每一种道具服装都有一个大致的规格和用途，但是一仔细区分，又可以找到许多区别。比如蟒袍，皇帝可以穿——要穿就得穿黄色的，上面还得有五爪金龙；九千岁（通常是权势极大的太监）和八千岁（通常是皇帝的叔叔或侄子）也可以穿，但颜色不一定是黄色的了，有时也穿一种和皇帝不同的黄色，上面的金龙只能有四爪了；大将们也经常穿蟒袍，但颜色又有多种；至于女将偶然也穿蟒袍，但尺寸和样式又都变化了。

脸谱处处有。净、丑的狭义脸谱，在八成以上的剧目里都可以看到。至于说到广义脸谱，在百分之百的剧目中都存在着。

武打真奇妙

说起"武打"，如果把猴戏看做是小学的"一年级算术"，那么京剧中的武戏（或者大戏中的武打场面），似乎就可以看做小学的"二年级算术"。

大家为什么会喜欢京剧中的武打呢？似乎也与天性有关。哪一个男孩子幼年期间不喜欢舞枪弄棒呢？何况平时从电视和电影中经常可以看到武打片，像《少林寺》《霍元甲》《射雕英雄传》，连外国电影中也有许多表现格斗的，像《佐罗》《三剑客》《黑郁金香》。这些武打片中，有时是徒手的，有时是拿兵刃的。电影、电视中的武打，有时要流血、要掉人头、要把一个活人眼睁睁地用刀一劈两半。每当这时，女孩子就要吓得尖叫，用手蒙上眼睛。然而京剧武打中没有这些恐怖镜头，所以看京剧时不必有什么顾忌。

京剧中的武打主要是表现什么的呢？一种情况是，两个（或多个）武艺高强的人当场较量，双方都是单个的人，碰上了，比一比。还有一种情况是，两军交锋，阵前相遇，士兵各自守住阵脚，双方只由率队的大将出马比试，赢了的一方乘势追杀，输了的一方望风而逃，好像一场战争的输赢只取决于率队大将的武艺高低。其实生活当中并不是这样，古代的外国不这样打仗，古代的中国也不都是这样打仗。不知你读过《三国演义》没有？诸葛亮的本事，并不只是善于派遣最有本事的大将去战胜对方。他经常在劣势中作战，准确无误地运用天时、地利和人和的有利因素，这才是他战胜强敌的法宝。你能说出几个这方面的例子吗？然而历史上那些复杂却又生动的战争过程，在京剧的小小舞台上很难表现，所以大多数剧目就只能以双方大将对垒的形式表现打仗了。从能否复杂、深刻地表现生活本身的面貌上看，京剧这一手法不能不说成是一种"失"；但从培养观众形成一种相对稳定的审美习惯来看，也许又变成了一种"得"。既然如此，京剧逐渐就从双方大将如何通过舞刀对枪上面动开了脑筋。慢慢地，京剧形成了自己关于武打的若干"格式"。

这些"格式"不是轻而易举就能看懂的。

比如"亮相"——为什么双方打着打着，会随着"崩、登、仓"的锣鼓点，猛然停下不动、眼睛都直视着前方？大人为什么总是在这里为演员鼓掌？万一在这时，其中一方突然"使坏"而发起偷袭，对方岂不倒霉？

比如"刀下场"或"枪下场"——双方交战，一方已经败下，胜者不去追赶，反而站在原地挥舞他的兵刃（比如刀、枪）不停，对于这种贻误战机的行为，作为观众的大人们不但不加制止，反而变本加厉地鼓掌，为什么？

比如"打连环"——双方（两支军队）交战，为什么大将总是和大将交战，士兵总是和士兵交战？为什么有些士兵并不真的交锋，而只是以一连串的跟斗翻上舞台、随之又交叉着扑跌腾越？为什么随着跟斗花样的逐渐复杂，观众的掌声也越发热烈起来？

比如"打出手"——为什么在一方以优势兵力将对方大将包围的情况下，占优势的这一方的兵士常常把自己的兵刃越过对方大将的头顶，而扔给自己的同伴？它的奥妙何在？

在回答这四个（其实绝不止这四个）"不一样"之前，需要讲一讲京剧武打的发展历史。京剧大致诞生在 1840 年前后，在京剧诞生之前的元代，北京就已经出现了一种十分发达的戏剧形式——杂剧。但是，杂剧很注重剧本的文学性和唱功、表演，唯独碰到双方交战或格斗的场面，剧本往往只简单标明"战介"两个字，从没有严格而具体的规定。换句话说，演员演到这里，只要双方举着武器"比划"一下，有那么点"意思"就行了。到了清朝中期，戏曲表现武打渐渐用心起来，但这时习惯把真刀真枪端上台。同时评判一出武戏中的武打是否"够格"，标准就看戏台上的武打是否接近生活中的武术。接近了，就是对，就是好；离得远了，就是胡来，就是瞎掰。在这个基础上诞生的早期京剧，其中的武打就带有鲜明的武术成分。再往后，京剧中艺术的成分增加了，讲究让武打也细腻地服务于人物的性格刻画。到这时，不但武打要因人而异，而且从武打转化而来的舞蹈也大量出现了。

简单讲过武打的发展过程，下面我们就要研究一下：京剧武打的实质究竟是什么？京剧武打和电影、电视剧中的武打，究竟有哪些区别？

我认为，京剧武打并不注重交代双方交战的过程，而在于集中笔墨去刻画双方精神气质上的差异。换句话说，京剧武打不是"打过程"，而是"打性格"。比如《两将军》这一出小武戏，表现了西凉马超和汉将张飞的一场搏斗。两人交战是各为其主，马超年少勇猛，张飞粗豪暴躁，都是很可爱的性格。双方白天打了一整天，没能分出输赢，于是晚上挑灯夜战。一直旁观的刘备很爱惜马超这一员战将，最后由他出面把激战的双方分开。马超也由此体会出刘备的爱将之心，戏就在这里结束了。这出戏写得有点不一般。一般的戏总是要当场见输赢、分高低才成。可是这出戏高就高在这里——虽然马超和张飞不分上下，但刘备的爱将之心已然明了，观众已然知道马超被刘备收服只是早晚的事。更何况，观众看这出戏最主要的收获，就是通过这一场武打，已然把双方或勇猛、或粗豪的性格了然心中。这才是观众观看武戏的第一目的。武打作为一种刻画人物的手段，其着力之处就是把每一个人的性格从无到有、从浅入深、从飘忽到稳定地加以刻画。一旦人物的性格清楚了，武打的结局立刻也就形成了。

除此之外，京剧武打特点注意要打得"美"。比如戏台上的锣鼓点，它本来并不是生活中的真实声音，只是人物在动作中感觉到的声音。京剧就把这种感觉中的声音加以肯定和夸大。有了锣鼓点，双方打起来都可以更加从容、更加得心应手，都可以更加突出、也更加准确地刻画自己的性格。这样一来，所有的性格都特色鲜明，因此京剧也就更加美了。

还有，京剧武打不同于生活真实，特别着意实现艺术真实。其实，任何高明的艺术都不能貌似生活真实，然而像京剧这样孜孜以求去实现艺术真实的，在中国和世界的其他艺术中，还的确不多见。前面我曾列举了大家不太容易看懂的京剧武打四种"格式"，下面我就分别做些讲解。

关于"亮相"。为什么在紧张的武打后，要设置这样的"暂停"？因为动和静必须相互映衬着才能各自鲜明。双方打得风雨不透，固然说明战斗紧张，但毕竟让人眼花缭乱。如若时间一久，观众绷紧的心弦也就会松弛下来。设置"亮相"，就是让心弦即将松弛的一刹那，猛然再转换一种节奏——这时的静，或许就比刚才的动还要激动醒目。唐朝大诗人白居易的诗句"此时无声胜有声"，讲的就是这个道理。

关于"刀下场"或"枪下场"。敌人早跑了，初步获胜的人不去追赶，还留在原地把自己的兵刃挥舞不停，这样做弄不好就会前功尽弃。其实，这样处理和艺术的辩证法有关。当双方对打时，动作几乎都是相等和相对的，节奏、尺度、力量几乎没有大的不同。这时，被突出的是"棋逢对手"的一面，表现了胜利的来之不易。然而，当把敌人击跑之后，胜者如果急忙去追，一旦赶上了，又得重新开打，而开打又将是"棋逢对手"的延续——如果总是这样，观众必定感到极大的失望。因为这时，观众对胜者的获胜还"意犹未尽"，还希望胜者再显示一下八面威风，所以他们在看过紧张的"双打"之后，还渴望再看胜者的"单打"——"刀下场"或"枪下场"。

关于"打连环"。这同样是艺术的辩证法所导致。京剧中的武打，大多是人和人的直接交手，所显示的功夫，内行称为"把子功"。而"打连环"所体现的，只是单个人的腾越技巧，这个人与那个人并不直接接触，所显示的功夫，大体来自另一门"毯子功"。

关于"打出手"。这种技巧是近几十年才渐渐兴起来的。北方的京剧演员，本来只重视招式、功架是否标准，似乎从没想到兵刃在武打时，还可以离开手的把握——把偶然的"失手"变成出乎观众意料、又赢得满场欢呼的必然剧场效果。是南方的京剧演员想出了"打出手"的点子，这就使场上气氛更加炽热、火爆。交战双方直接的接触，如果算是实；间接的接触——"打出手"，就可以算作"虚"。北方的演员最初不太承认南方的这一发明，认为是"胡来"。但人家舞台上虚实相映，的确好看，于是久而久之，"打出手"也就被整个京剧界接受下来。现在能被"出手"的，不仅有各种兵刃，还可以有舞台的各种小道具。而接"出手"的部位，除了人体的腿脚、手执的刀枪外，又增加了大将的靠旗。用靠旗"打出手"，难度显然要大得多了。

韵白听不懂

　　看过了武打，如果想进一步迈进京剧的门槛，就有一个前提——必须懂得京剧人物之间的对话，因为听懂了对话，才能了解剧情。大家可能会奇怪：说话有什么不好懂的？京剧，就是说北京话（普通话）的戏呗！

　　事情不是这么简单。中国的戏曲是一个很大、很大的大家庭，有三百多个剧种。除了京剧之外，还有川剧、沪剧、越剧、豫剧、粤剧、桂剧、闽剧、滇剧、吉剧、龙江剧等。一般的情况是，"剧"字前边表示地点的那个字儿，就意味着这个剧种要说这个地方的方言。比如，川剧就要说四川话，沪剧就要说上海话，豫剧就要说河南话，粤剧就要说广东话……为什么会有这样的情形？原因是中国太大了，过去的中国是交通不便的，皇帝春天在北京派遣钦差大臣去广东，等钦差大臣坐着轿子到达广东，就已然是夏天了。如果钦差大臣是北京人，而广东的官员是当地人，那么他俩就没有办法交谈，对方的话是一句也听不懂的。现在当然不要紧了，北京有什么事情需要通知广东，可以利用电报、电话、电传——只要一眨眼的工夫，就全都解决了。即使北京的人到了广东，住进任何一家饭店、旅馆，服务员都会用标准的普通话和你问答。北京人在广东看粤剧，舞台两侧都挂有字幕，可以帮助理解剧情。

但是，在各种地方戏各自形成的过程中，古代中国始终处在封闭的状态，没有电报、电话和电传，各种地方戏的演员就用自己的方言来演唱，只要本地人听懂就行了，演出时也没有字幕，根本没有考虑到听不懂方言的人怎么办。各种地方戏之间的区别，主要就在于语音和基于语音基础上的演唱技法。举个例子：川剧和豫剧有什么不一样？不在于剧本，不在于舞台形式，就在于一个说四川话，一个说河南话——这是表面上的区别；还有更重要的差异，那就是两种方言（以及方言背后的地域文化）为两种演唱技巧提供了绝对不同的物质基础。

和众多地方戏相比，京剧的情况有些例外。它的主要人物从来不说纯粹的北京话，而是带有安徽、湖北一带的口音。这又是怎么回事呢？原来，京剧并不就是"北京的戏"。两百年前，安徽的徽剧和湖北的汉戏都是在当地很有影响的剧种。当它们慢慢合到了一块儿之后，尤其是当它们进入北京以后，又吸收了昆曲的营养，三者融合成一个京剧，并且取代了昆曲昔日在北京剧坛上的霸主地位。大家或许知道，有一种叫做"三合一"的化纤衣服料子，意思是由三种原料混合而成。京剧实际上也可以称为"三合一"，这个"三"指的就是徽剧、汉戏和昆曲。

京剧在北京站住脚之后，虽然"京剧"这个名字叫开了、叫响了，但是主要演员依然来自安徽、湖北，他们的发音吐字依然带有浓郁的乡音。比如，"脸面"一词按北京话发音，应当读做"Lian Mian"，但是让他们用乡音一念，就变成了叫"Jian Mian"，变成北方发面蒸馒头用的"碱面（儿）"了。你说可乐不可乐？再比如，"大喊一声"中的"喊"字，京剧中偏偏要读成"Xian"（"显"），同时那个"声"字，也必须读成"Shen"（"深"），真让人莫名其妙。但在舞台上，不这样念还不行，否则内行人就要指责你没有念对。

尽管如此，来自安徽和湖北的著名演员们还是没有一个肯于改变他们的乡音。因为用乡音演唱，有利于保持乡土气息。他们这种带有家乡特点的语音，被内行称为"韵白"，人物间对话时用，演唱时同样也用。大家可能听过黄梅戏和湖南花鼓戏，这两个剧种之所以好听，都和使用乡音有很大关系。如果不信，你不妨试着用北京话唱一唱——我敢肯定它们必然都变了味儿，也不再好听了。但是，京剧既然植根在北京，一点儿北京话都不用也说不过去。于是，剧中一些没有庄重身份的人（像小丫头、小书童一类的人）渐渐都说普通话，目的就是交代剧情，好让广大观众都听明白。

"韵白"和"京白"的长期混合使用，出现了一种意想不到的结果——由于"京白"通俗好懂、脆快响亮，于是渐渐变成非庄重人物的标志；由于"韵白"高雅斯文，便于抑扬顿挫，于是渐渐变成庄重人物的标志。请看京剧《打渔杀家》① 当中，萧恩和教师爷的一段对话——

教师爷：我说萧恩哪，你说什么天旱水浅，鱼不上网，
　　　　改日有了银钱，送上门去。这两句话，别人
　　　　来啦，三言两语，叫你打发回去啦；今天教
　　　　师爷我来啦，任凭你怎么说，不管你怎么说。
　　　　说了半天，那算你白说，还得给我拿渔税银
　　　　子来！
萧恩：旁人来了无有，教师爷你来了么——
教师爷：你乖乖儿的给银子。
萧恩：（冷笑）嘿嘿！就越发地无有了！

　　单看上述对白的文字，似乎感觉不到什么奥秘。如果从"韵白"和"京白"的角度去理解，也许就会有新的发现。在谈"韵白""京白"之前，需要先介绍和解释一下剧情。《打渔杀家》讲的是宋朝老英雄萧恩，带着女儿在

---

　　① 传统剧目。亦称《庆顶珠》《讨渔税》。宋时梁山好汉阮小二与兄弟分别后改名萧恩，与女儿桂英打鱼为生。土豪丁自燮前来征讨渔税，萧恩报官却遭到刑罚，愤怒之下与女儿桂英以庆顶珠为名，闯入丁府，杀死丁自燮全家。

江边打鱼为生，因天旱水浅，鱼不上网，欠下渔霸的渔税银子。渔霸派家中的教师爷前来催讨，萧恩好言相对，不料教师爷狗仗人势，恶言相逼。上面的对话就表现了他二人的关系。萧恩虽然贫穷，却是这出戏中被歌颂的庄重人物，他使用的是"韵白"；教师爷处处帮助渔霸欺压百姓，处处出丑，当然属于非庄重人物，他使用的是"京白"。现在，我们就换用"韵白"和"京白"的"耳朵"，去仔细倾听一番。

教师爷开头的那一大段话，很像相声当中的"惯口活儿"。什么叫做"惯口活儿"呢？就指运用流畅的北京话，一口气把许多对称的词组，像机关枪扫射似的，"啪、啪、啪、啪"地给"射出去"。咱们仔细看看教师爷这段台词，基本是四个字一句，有些字数多一点的句子，也是由四字句的基础上发展出来的。教师爷使用的就是"京白"，十分脆生，一边念还一边比划，活生生勾画出小人得志的丑恶嘴脸。别看剧本让教师爷十分夸张，十分火暴地念了这么长的一段台词，可并不是真想刻画他，只不过是想借此衬托后面的萧恩。萧恩等教师爷自我炫耀地念完这段独白之后，只是冷冷地回答一句："旁人来了无有，教师爷你来了么——"请注意，这里不说"旁人来了没有"，而说"旁人来了无有"。"无有"带有文言意味，能够衬托出人物庄重的性格色彩。你还要注意结尾处的拖长声音"来了么——"，又分明带有调侃的意味。显然，这种调侃越是

"上韵"，就越能把萧恩的老练深沉挥发得淋漓尽致。再往下，教师爷也是一个短句子："你乖乖儿的给银子。"仍有两点值得注意：一是把"乖乖"儿化处理，可以加强"京白"的语气。二是那个"的"字很有讲究。按照汉语语法，动词"给"字之前的状语，应该使用"地"字，这里偏要用"的"，加强了北京话的特点。最后萧恩还有一句："（冷笑）嘿嘿！越发地无有了！"这句话中的"地"和"无"字，都有益于"上韵"，也就有益于他保持自己的庄重身份。何况他在回答之前，先冷笑了两声"嘿嘿"，更增加了后边回答的分量。

京剧，除了"韵白"和"京白"之外，偶尔还使用一些"方言白"。所谓"方言白"，就是让京剧舞台上的部分人物按照其真实籍贯讲话或歌唱，像苏（州）白、扬（州）白、绍兴白、四川白、山东白、山西白、河南白、天津白、南京白、唐山白等。这样处理的目的有：一是为塑造籍贯为上述几地的杰出人物而用，让他们在满台的北京话当中"突出"出来；二是为了在"京白"之下，再增添一些更低下、更滑稽的小人物使用的语音。

唱的不是歌

讲过了京剧中的白，就该谈谈它的唱了。

唱，是整个戏曲各种表现手段中最重要的一种。尤其是京剧，过去曾经被人们视为中国的国粹，恐怕就和其唱腔蕴涵着的成就密切相关。

尽管京剧唱腔同样有旋律、有节奏，也分句押韵，但唱的并不是歌曲。

我们可以从内容和形式两方面寻找原因。

第一，歌曲的内容要么是抒情诗，要么是叙事诗，而京剧的歌词则是剧诗。

比如《在希望的田野上》这一首歌，就属于抒情诗。"我们的家乡，在希望的田野上；炊烟在新建的住房上飘荡，小河在美丽的村庄旁流淌。一片冬麦，一片高粱，十里荷塘，十里果香……"其中没有故事，只有盛情——一串串蓬勃似火的昂扬感情。是谁在抒情？——是没有具体身份的某个人，可以是男，可以是女；可以是大人，可以是小孩儿；可以是单个的人，也可以是一群人。因此，演唱这首歌时，形式就可以灵活多样。男演员可以唱，女演员可以唱，童声演员也可以唱；独唱演员可以唱，作为合唱也未尝不可；它用大乐队伴奏可以唱，用小乐队伴奏可以唱；用西乐伴奏可以，用中乐伴奏可以，甚至不用任何伴奏也可一试。一般说，唱抒情诗的演员是用第一人称演唱，但这里的第一人称不是具体的人，其中的"我"是抽象的"我"，或者说是大写的"我"。

比如《听妈妈讲那过去的事情》，则属于叙事诗。"月亮在白莲花般的云朵里穿行，晚风吹来一阵阵快乐的歌声。我们坐在高高的谷堆旁边，听妈妈讲那过去的事情。那时候妈妈没有土地，全部生活都在两只手里。汗水流在地主火热的田野里，妈妈却吃着野菜和谷糠。冬天的风雪狼一样嚎叫，妈妈却穿着破烂的单衣裳……"其中只有一个朴素的故事，作者仿佛就在淡淡地叙事，感情全都隐藏在那客观的叙述当中。但是听歌的人没有一个不被打动，因为就在那舒缓的节奏中，却充满了作者最深沉的情思。演唱叙事诗的演员，一般都是以第三人称演唱。

京剧则完全不同，它的任何一个唱段，都必须是某一出戏中某一个人，在某一个特殊事件发展到特殊阶段时的个人感怀。他（她）是以第一人称在唱，是被他（她）周围的那个环境"挤压"到没有办法的时候，才不得不唱，其中既有抒情诗，也有叙事诗。前者的例子比如《红灯记》① 中的"提篮小卖拾煤渣",唱的是父亲李玉和对女儿铁梅的由衷赞叹。后者的例子比如"在粥棚正和磨刀师傅接关系",唱的是李玉和回忆刚才粥棚脱险的情景。更多的时候,在一些大段唱腔中,唱的是抒情诗和叙事诗的混合,而这种混合又都是从特定人物的独特视角发出的,像"狱警传似狼嚎(我)迈步出监",既有回顾,也有展望,更有对人生、对事业的感慨。这段唱的慢板(从"贼鸠山要密件毒刑用遍……"开始的数句)都属于叙事诗,而后面的原板("待等那风雨过百花吐艳……"数句)则属于抒情诗。由于京剧的剧诗必须隶属于特定的剧中人,所以演唱者就不能随意更换。李玉和的唱词就不能改由李奶奶或铁梅唱,更不能改由鸠山唱。

第二,从内容上区分唱歌和京剧演唱,又可以从四个方面来谈。

(一)歌曲的唱词多是"散文化"了的诗句,而京剧唱段则采用了板腔体。

歌曲唱词都是一句、一句的,可以分成对称的上下句,每四句一个小节;也可以打破对称,随意写成不规则的长短句。前者比如《让我们荡起双桨》的"让我们荡起双桨,小船儿推开波浪,海面倒映着美丽的白塔,四周环绕

---

① 现代戏。抗日战争时期,铁路工人、共产党员李玉和为保护机密,不幸被捕;李母将玉和身世告诉孙女铁梅。李母和玉和被日寇杀害,铁梅继承遗志,痛击日军。

着绿树红墙……"后者比如台湾歌手齐秦的《飞扬的梦》，歌词共分三小节，每一小节句数并不相等，句子也忽长忽短，跳跃性很强——

记忆里/在记忆的梦里/曾经有绚烂的春天/却在一季落叶以后

记忆里/在年轻的梦里/也曾有年轻的故事/却在模糊的泪和无数个冲动的日子里/拾起了生活和自己的悲哀

年轻的希望里/总不忘记提醒自己/没有故事/没有等待/没有太多的悲哀/再一次告诉自己没有神话般的爱情/没有结束/没有开始/只有年轻飞扬的梦

京剧唱词的规格则采取了严谨的板腔体。其文字规格，必须是严格的上下句；每一句都以七字句（节奏二/二/三）或十字句（节奏三/三/四）为基础；每个上句最后的一个字，必须落在仄声上，而下句最后则必须落在平声上。其旋律选择，则不论特定人物有什么特定心情，都只能从下面两个系统中去选择交叉。一个是曲调性能的系统，京剧只有二黄、西皮、南梆子、四平调、高拨子这样很有限的几个大类。另一个是具体的板式系统，如倒板、慢板、原板、二六、流水、快板等。前者供音乐设计者在大的方面加以制约，比如剧中人这会儿心情正难受，沉郁、苍凉、悲哀……行了，就让他唱二黄吧。如果剧中人心情很愉快，或者很愤懑，那么就让他唱西皮吧。在做了大的规划之后，再根据剧情发展的具体要求，去决定是选择一段特定的板式呢，还是安排一大段呈组合状态的综合板式的唱腔。

我们以《文昭关》①为例加以说明。伍员一上场有两句唱"伍员马上怒气冲，逃出龙潭虎穴中"——他全家被楚平王所害，如今一个人逃了出来，身后肯定会有千万追兵赶来，看来形势够紧张的。这时需要先从大的方面进行规范——由于情势所迫，似乎以唱西皮为宜；再具体研究这两句应该用什么板式——人物刚刚上场，矛盾还没有完全展开，因此不能选用那些旋律复杂的板式，似乎散板为好。两下里一综合——就成了西皮散板。再讲如何设计大段唱腔的综合板式。《文昭关》的后面，伍员独自借宿在东皋公家中，心神不宁，彻夜难眠。他独自上场，需要唱一小段。坐定之后，打一更，需要唱一大段。起二更，东皋公暗上，唱一小段，下。起三更，伍员再唱一段。起四更，东皋公暗上，唱一小段，下。起五更，伍员愁白了胡子，激愤唱出"叹五更"的最后一段。东皋公上，发现伍员头发和胡子变白，认为可以混出关去，伍员再唱一段，

---

① 传统剧目。亦称《一夜白须》。伍员（即春秋末期吴国大夫伍子胥）投奔吴国，行至昭关，却因此处画像缉拿他，无法过关。伍员留宿七日，须发尽白，东皋公设计谋让伍员得以混出昭关。

二人同下。根据上述剧情，当初演这一折戏的老前辈所做的安排一直流传、延续到了今天——伍员上场的一小段，唱西皮流水。起更后，整个改二黄。初更后伍员唱变化多端的二黄慢板（十六句），二更东皋公唱规范的二黄原板（四句），三更伍员唱婉转多姿的二黄原板（十句），四更东皋公唱规范的二黄原板（四句），五更伍员再唱激愤多变的二黄原板（十句）。天明后二人相逢，东皋公唱二黄散板上，伍员梦中惊醒，唱二黄倒板转散板，最后再转二黄摇板。这样摆布唱腔的板式，应该说煞费苦心，布局匀称，起承转合，十分妥帖。

近半个世纪，京剧在处理"卖唱儿"的大场子时，已经形成了一种"倒、碰（即回龙）、原（或慢转原）"的习惯路数。现在，搞组合板式有两点需要注意：一是不要千篇一律，二是要努力在相似中追求不同。

（二）歌曲只在一般意义上追求声情并茂，京剧唱腔则讲究一种说不清的韵味儿。

不知能否这样说，歌曲的曲谱是一个确定了的东西，歌唱演员接到它，只能体会它、琢磨它、生发它，却不能变更它。歌曲演唱上的声情并茂，是建立在绝对尊重曲谱的这一前提之上的。同一首歌的曲谱，歌手甲接到它，只能根据自己的条件去加以发挥；歌手乙接到它，同样也只能根据自己的条件去唱。熟悉乐理的听众，只要拿到曲谱，再问一声是谁演唱，就立刻能估计个八九不离十。

京剧则全然不同，曲谱并不能完全表现演员的演唱水平。业余爱好者按照曲谱去学，也是绝对学不出来的。著名演员拿到音乐设计人员编写的曲谱，看几遍便丢开了。这时他通常要想许多问题——第一，他设计的"对"人物的"路"么？著名演员要重新研究剧本，研究是唱西皮还是二黄，抑或南梆子、四平调什么的，到底哪一个大类更符合人物此时此地的心情。然后再研究选用什么板式最符合传统又最带有新意。把上面两个系统一交叉——如果音乐设计搞的正巧也是这个，那么就无须推倒重来了。还有第二，他设计的"对"我（演员）的"路"么？因为我是个有影响的演员，所以我每唱一出新戏，就必须给喜欢我的观众一些新东西。这些新东西既不能离开我以前所走的道路，又要能体现我向前迈了一步。注意：这里迈的只能是一步，既不能是两步，也不能是半步！为什么这样想呢？因为半个多世纪以来，但凡有成就的京剧演员都会有"自己的观众"，他们习惯"追"着演员看，不管演员演什么戏，不管天气如何和剧场远近，都以"一场不落（缺）"作为骄傲的标志。既然有这样一批戏迷崇拜自己，自己就没有理由让他们失望。

上面我说了著名演员接到曲谱之后的"两步棋"。第一步通常不会有大问题的，如果音乐设计人员连第一步都达不到，大约就应该从剧团里卷铺盖走人了。然而，再高明的音乐设计人员也不能代替著名演员的再创造，正是这

"再创造"使那"说不清的韵味儿"明确无误地呈现到观众面前。现在，我准备专门对比着讲讲歌曲和京剧在"韵味儿"问题上的几个差别：

1. 歌曲讲究音色明亮澄澈，京剧则忌讳音色太"光滑"，崇尚声音"摩擦"着出来。京剧演员谭鑫培、余叔岩、杨宝森、程砚秋、裘盛戎，他们的音色就很有"摩擦力"。

2. 歌曲吐字张口就出，京剧注意把一个字分成"字头""字腹""字尾"三部分，让它们依次而出。比如"家"字，其拼音为"j——i——ā"，京剧总是先吐出字头"j"，再吐字腹"i"，最后再吐出字尾"ā"。请听一下《打渔杀家》"家贫哪怕人笑咱"中的那个"家"字的唱法。京剧绝不会把已经拼音完成的"jiā"突然地、"整个"地送到观众的耳朵里。

3. 一首歌曲尽管也可以变速，音量上尽管也有"<"（渐强）或">"（渐弱），但是无论如何也比不上京剧的自由程度。京剧有一个叫做"尺寸"的名词，著名演员根据剧情和自身条件的需要，掌握节奏时忽轻忽重、忽快忽慢，那真是如鱼得水，左右逢源。

4. 歌曲演唱的乐句分明，因此呼吸换气基本随着乐句进行，讲究自然大方。京剧虽然也分上下句，但是经常有不规则的变化，而且讲究换气不被观众发觉，因此在一大段唱腔中，演员总要偷气数次，给观众一种"一口气唱到

— 46 —

底"的感觉。

（三）歌曲不提倡即兴表演，而京剧恰恰提倡即兴表演。歌曲演唱中演员和乐队是什么关系？一般说来，是那个固定的乐谱把演员和乐队都固定住了。不论是哪一方离开了乐谱，对方都可以指责他"出了错"。当然，在排练中，演员和乐队的指挥都可以（甚至都应该）对乐谱做出各自的理解和修正。但是一旦到了台上，"照乐谱进行"就成为一条铁打的定律。

京剧演员和乐队的关系和歌唱不太一样，乐队只是伴奏，是应该"跟"着演员走的。更何况演员到了台上，常常受到同台演员的"刺激"，而产生新的艺术处理——每逢这时，乐队就格外应该服从演员的即兴创造，紧紧"跟"上，并且"跟"好。从这个道理一引申，我就觉得"京剧卡拉OK"除了帮助普及京剧演唱的优点之外，也存在着一大弊病，那就是违反了"演员牵着乐队走"的京剧演唱规律。如果随着"卡拉OK"唱成了习惯，一旦上台，想再唱得十分舒展、自由，反倒困难了。

（四）歌唱演员通常只出现在晚会的某一个节目里，唱什么和唱多少与整个晚会的规格、档次和票价没有直接关系。京剧演出的规格、档次及票价均因演员而定，和剧目没有直接关系。

歌唱演员分为独唱演员和合唱演员。合唱的不能单独演出，独唱演员如果参加到晚会中来，成为晚会中一个节目的主演，其劳动量（两三支歌，十多分钟）基本被固定化了，至于唱什么歌曲观众也不会挑剔。整个晚会的票价要由有多少名哪一等的歌星（以及笑星、舞星）来确定。作为单个歌星演唱两三首歌曲的价值，是不容易计算的。

京剧主要演员本身就有价码。比如从 20 世纪 50 年代直到"文革"前，梅兰芳的票价在北京一直是最贵的，马连良、谭富英、张君秋、裘盛戎虽然同处一团，但马连良比后面三位的票价也是稍高一些。至于梅和马、谭、张、裘各自分别演什么戏，一般不会影响到票价的变化。但是也有例外，程砚秋在 1949 年前也有自己的固定票价，但是每当演出《文姬归汉》① 时，票价就要向上浮动 20%，原因是这出戏里安排了三段慢板（西皮、二黄和反二黄各一），主要演员很累。观众们也知道这一点，所以客满得比其他戏还快。

① 传统剧目。汉与匈奴战乱之时，蔡文姬逃难被匈奴抓获，侍奉左贤王十二年。曹操赎蔡文姬回汉，蔡文姬临行前与孩子诀别，哭拜王昭君之墓。

京剧趣谈

马　鞭

中国古人时常要骑马。可骑马在舞台上没办法表现，舞台方圆太小，马匹是无法驰骋的。真马出现在舞台上，演员也怕它失去控制。京剧终于战胜了这种尴尬，发明了一种聪明的舞台表现手法——用一根小小的马鞭就彻底解决了，而且解决得无比漂亮。这种表演方式十分符合中国的美学。巨大的马匹被整个地省略，但骑马人那种特定和优美的姿态却鲜明地显现出来。同时这一根虚拟的马鞭，给演员以无穷无尽的表演自由，可以高扬，可以低垂；可以跑半天还在家门口，可以一抬手就走了一百里。马鞭本身具备一种装饰的美，而且不同人物在使用马鞭时，也各自形成了一套约定俗成的方法。

马鞭是实在的道具，是可感觉可使用的。京剧还有一些虚拟的道具，但一样可感觉可使用。比如《拾玉镯》①中小姑娘绱鞋底，鞋底是实的，针线可是虚的，但在演员手里，"无"远远胜过了"有"。

再比如宴席上的酒壶酒杯。主人一声吩咐"酒宴摆下——"，仆人立刻把酒壶酒杯端上舞台。主人和客人举杯喝酒，一杯又一杯，但就是不见吃饭吃菜，可客人也一样吃"饱"了。京剧一般是不把饭碗搬上舞台的，一旦真用，那就得"狠狠做戏"。比如《金玉奴》②中有一个细节，小生演员用饭碗喝完豆汁，又用嘴去舔筷子，如果没有这一"舔"，那饭碗也就完全不必拿上舞台。

亮　相

京剧还有一种奇特之处：双方正在对打，激烈到简直是风雨不透，台下看的人非常紧张，一个个大气不敢出，都把眼睛睁得大大的，唯恐在一眨眼间，谁就把对方给"杀"了。然而也怪，就在双方打得不可开交之际，那紧

① 传统剧目。少女玉姣在门外刺绣，遇青年傅朋路过。二人彼此爱慕，傅朋故意遗下玉镯一只。孙玉姣拾镯时，被邻居刘媒婆看见，刘媒婆故意与孙玉姣逗趣，为傅孙二人做媒。

② 传统剧目。亦称《棒打薄情郎》《红鸾禧》。穷秀才莫稽大雪天昏倒地丐头金松门前，金松的女儿金玉奴救他进门，给他喝热豆汁，并由怜生爱。两人婚后，莫稽进京赶考，考中后任知县，却嫌弃玉奴出身低贱，赴任途中将玉奴推进江心。玉奴被巡按林润所救，莫稽再昏之夜，玉奴痛责莫稽。

张而又整齐的锣鼓声忽然一停，人物的动作也戛然而止——双方脸对着脸，眼睛对着眼睛，兵器对着兵器，一切都像被某种定身术给制服了！小孩子和外宾忍不住要问："如果他们当中哪个先'醒'了，拿起兵器朝着对方一刺，对方不就'完'了吗？"

问得有理，但这恰恰是京剧艺术的高妙之处。俗话说："一动不如一静。"古诗也说："此时无声胜有声。"讲的就是这种情况。"静"，越发能显示武艺的高强，越发能显示必胜的信心。

还有一种"刀（枪）下场"，可以视为动态的亮相。双方正在交战，一方被打败，跑下去了。可胜利一方不紧追，反而留在原地，抡圆了胳膊把手中的兵器（刀或枪）耍了个风雨不透。这，哪里还是戏剧？这，不太像杂技了吗？您说得太对了，这就是京剧中的杂技成分，自古如此，如今还保留着。它的存在，就是为了凸显人物的英雄气概。

一桌与二椅

这一节要谈传统京剧的舞台美术。

几乎不能再简陋了——大幕一拉开，舞台上空空荡荡的，就只有一张桌子和两把椅子——这，难道就是京剧舞台美术的全部吗？这，难道还能讲出什么道理吗？

桌椅是摆在屋子里的，而京剧也以表现屋子里的事情居多，所以这一桌二椅，经常还就是当作生活中的桌椅来用的。但是，京剧表现的"屋子"各式各样，一会儿是皇帝的金銮宝殿，一会儿是书生的雅致书房，一会儿是吵闹的酒楼茶馆，一会儿是将军的边塞帐篷。我这么一说，小朋友必然心说"糟糕"，舞台上这么换来换去的多麻烦呀！大概古代的京剧艺人也想到这一点，他们不是不想把舞台设计得像样一些，但是没有条件，也没有换景的时间和必要，于是大胆地想出一个办法：索性把表示环境的全部背景舍弃不用，就用这一桌二椅，就在这桌围椅披上做点"文章"。

如果是皇帝的金銮宝殿，就换上绣着飞舞金龙的桌围椅披；如果是书生的雅致书房，桌围椅披可以是淡绿或浅蓝的，绣的图案可以是几株兰花；如果是酒楼茶馆，颜色就需要鲜亮一些，图案也应当热闹一些；如果是将军的边塞帐篷，颜色和图案都要雄壮、炽烈一些，要有一点"铁马秋风大散关"的味道。你看，只要在桌椅的装饰上，下这么一点小小的功夫，问题也就基本解决了。

古代的京剧艺人还对一桌二椅的摆法做了许多研究，通过舞台上的实践，渐渐取得观众的认可，于是便形成了今天摆设一桌二椅时的许多学问。比如把一把椅子摆在桌子的背后，这叫做"大座儿"，是一种很庄重的坐法，皇帝上朝、官员升堂问案、将军处理军情都可以采取这样的坐法。如果把椅子摆在桌子的前边，叫做"小座儿"，这是种很随便的坐法。老百姓居家过日子，坐在自己家里，就可以这样坐。如果你正在"小座儿"上坐着，忽然来了一位客人，就可以把两把椅子重新摆一下，分别摆在桌子的两边——这样，你可以请客人坐在左边（下场门），自己坐在右边（上场门），左右相对，左为上，表示对客人的尊重。如果客人来了两位，就请他们通通坐在左边，身份高些的坐在靠桌子的地方。如果主人不止一位，那么都坐在右边，身份高些的也坐在靠桌子的地方。每当这时，场上需要的椅子就不止两把了，那么多出的椅子就需要下人们（太监、仆从、书童、丫鬟）临时下场从幕后搬上场，摆到合适的位置上。如果主人决定款待客人，说了一声："酒宴摆下——"那么，下人们就要急忙下场，把需要增添的桌椅搬上台。

还有一个很奇妙的特点，京剧中的椅子都加了垫子，但垫子的厚度不一样。有的，只加了薄薄的一层垫子；有的，则要加四五层垫子。这又是为什么？原来，京剧不同行当的人物的鞋底有不同的厚度。生、净一般穿厚底鞋，最厚的可以有六寸，鞋帮还抹得白白的。旦、丑一般穿薄底鞋，鞋底和现在的平底鞋差不多。当初在选择、培养演员上，生、净都挑大个儿，小个儿才学丑，学旦行的女演员本来就矮。所以这时到了台上，原本个儿高的因穿厚底儿鞋反而更高，个儿矮的穿薄底儿鞋显得更矮，所以椅子上的垫子，就必须厚薄分清了。更何况，不同行当的坐相也不一样：旦行的屁股得真坐在垫子上，不许分开腿；生、净都不是真坐，而是把腿叉开，把屁股"靠"在椅子坐垫上；至于武丑，通常没一会儿老实，说不定一下子就蹿到坐垫之上。这说明，不同行当通过坐法的不同，也刻画了人物。

桌子还可以临时代替屋子里的床。《三岔口》① 中任堂惠刚进入客店时，桌子还是桌子——酒店主人用它招待自

① 传统剧目。宋将焦赞杀死奸臣王钦若的女婿谢金吾，被发配到沙门岛。杨延昭命任堂惠暗地随行保护，途经三岔口，焦赞等人留宿刘利华店中。任赶来时与刘发生误会，黑暗中展开搏斗。后来大家相见，误会消解，共奔三关。

— 54 —

己喝酒，后来等到他要睡觉，桌子忽地变成床了。没有枕头被褥，他就枕着胳膊，把一只脚搭在另一只脚上。没有观众指责这一道具的变化，因为下面马上要进行开打，如果在一张真正的床上睡觉，如果有了枕头被褥，开打反倒难于进行了。

椅子也可以变成人物之间开打的道具。《挡马》① 当中，杨八姐发现店主人可疑，二人进行格斗，有时是徒手，有时就利用椅子进行辗转腾挪。武丑扮演的店主人利用椅子是有道理的，因为平时经常要擦拭桌椅，所以使用时就称手，甚至可以做出一些幽默、滑稽的动作，更因为店主人从一开始就不是要置杨八姐于死地，所以用椅子来摒挡对方的武器，正是为了赢得把话讲明的机会。

上面讲的都还是"屋子"里的情形，要是场景搬到了室外，那又该怎么办？

比如登山。像《失街亭》② 中，大将马谡与大将王平一起骑马来到街亭，忽然决定登山一望，那该怎么办？好办，上桌子就行——把桌子搬到天幕近前，一边一把椅子，

---

① 新编古装戏。亦称《拦马过关》。北宋时辽国南侵，杨八姐女扮男装潜入辽国刺探军情，返回途中被焦光普拦马引入酒店。焦原为宋将，隐姓埋名在辽国谋生，想要行窃却被杨八姐察觉，一番打斗后两人道明实情，同回故国。

② 传统剧目。三国时期魏、蜀交兵，蜀相诸葛亮以街亭为门户，参军马谡自愿镇守。但马谡狂妄自大，不听副帅王平力谏，扎营山上，被魏军切断水源，蜀军不战自乱，失守街亭。

马谡、王平踩着椅子上了桌子，就算上了山。有时在桌子前边放一块表示是"山"的景片，有时嫌麻烦就不摆。小朋友也许会想：这时的"山"，怎么只有桌面那么高？

比如登楼。《空城计》[①] 里诸葛亮上了西城的城楼——这时下场门前边摆了一大块表示城墙的景片，景片后就摆着这张桌子，桌子两边各有一把椅子。诸葛亮怎么上"楼"呢？先上椅子，再上桌子——站在桌子上，就是站在"楼"上了。看来，桌面的高又等于"楼"的高。

比如过桥。《长坂坡》[②] 里张飞率领四兵士上场，兵士先过桌子下，随后张飞上了桌子。这时，赵云保护着甘夫人等上，甘夫人一行过桌子下……这里，显然桌子又在代替桥了。桥有多高？还是一张桌子的高度。

比如登台。什么台？假想中阴间的"望乡台"。由于是假想，任何人也说不清它到底多高，然而京剧里却依样画葫芦——还是一张桌子高。在《铡判官》[③] 中，包公借睡梦到了阴间，到了"望乡台"的跟前，于是便踩着椅子上桌子（桌子前摆了一块画着"台"的景片），在上面唱

① 传统剧目。魏帅司马懿攻取西城，城内仅余老弱病残。诸葛亮设空城计，司马懿见城门大开，诸葛亮稳坐城楼抚琴，怀疑城内有伏兵，不进而退，西城得以保全。

② 传统剧目。亦称《单骑救主》《当阳桥》。刘备军民败退至长坂坡，曹军追及交战，赵云保护幼主阿斗突出重围，张飞在当阳桥喝退曹兵。

③ 传统剧目。亦称《普天乐》。宋代少女柳金蝉被谋杀，书生颜查散冤判死刑。颜的仆人诉至包拯，包拯亲下阴曹查明真相，铡判官，救活金蝉，免颜生死罪。

起了有名的唱段"悲惨惨，惨悲悲"来。

还比如云霄。京剧当中反映神仙的戏不少。神仙从天上下到人间，怎么表现？过去清朝皇宫里的大戏台，是分成三层的：中间的一层是人间凡人活动的场所。如果神仙下凡，就从最上面的一层"下"到当中的一层来（怎么"下"不知道，我总觉得不会太方便）。如果有鬼怪要从地底钻上人间，那么扮成鬼怪的演员就从最下面的那层舞台，"升"到中间的一层来（怎么"升"不知道，我觉得也不会方便）。这讲的是过去，而且是在皇宫的特殊构造的戏台中。至于一般老百姓看戏的戏台，神仙只能和凡人一样从上场门出来，唱几句，然后踩着椅子上了桌子，就算是登上云头，就可以在那里俯视人间的景象了。云头多高？还是一张桌子高。

看来，用桌子来比拟广阔天地许多实物的时候很多。每当这时，桌子在想象中的高度就远远超过它的实际高度。这样比拟其他实物，会不会引出"错乱"来呢？也许有的。比如武丑演员，有时要登上三张或三张半的桌子向下跳，这又是多高？你也许想不到——仅仅是一房高！这里，房子竟然要比山、比楼、比云霄都要高了。为什么没人指责它不合理？因为武丑演员在这里要卖一卖翻跌技巧，本事一般的只敢翻三张桌，本事更好的则要翻三张半。是否加这半张，完全根据演员自己的本事来定。

由此看来，为了表现无限广大的天地，即使舞台上增加无数的摆设，也很难做到穷尽。京剧艺人很聪明，知道靠奢侈、排场是搞不好艺术的。只有从艺术的假定性上入手，才可能打开局面，才能以少胜多，用有限去反映无限。同时，这种做法有利于调动观众的想象力，从本质上讲是更加尊重观众的。同学们，你觉出"一桌二椅"的妙用来了吗？

锣鼓心中敲

　　第一次看京剧的人，一定会奇怪，为什么有锣鼓？从人物上场之前就有锣鼓，人物上台更是锣鼓不停，人物每走一步、每做一个动作，仿佛都得和锣鼓保持同样的节奏才行。用京剧演员的行话讲，你得踩在（锣鼓的）"点儿"上。

　　这锣鼓声是从哪儿来的？是自然界本来就有的？未必。大自然固然也有风雨雷电，京剧人物有时确实是（或者应该）带着风雨雷电上场的，像《打金砖》①最后一场"太庙"，刘秀杀了那么多的开国元勋，心中遭到良心谴责，扑扑跌跌去太庙，向祖先的神灵做忏悔。当时，他是在幕后唱倒板上场的。我想，他这时心里的情绪是很适合加上一些风雨雷电的。如果加上了，就会使他的情绪更加激烈。

---

　　① 传统剧目。亦称《蓝逼官》《二十八宿归天》。东汉时，姚刚杀国丈郭荣，被其父姚期绑至汉光武帝刘秀处谢罪。刘秀醉酒，命令斩姚刚、邓禹等二十多人。马武闯入官上谏，刘秀不听，马武怒而撞死在金砖之上。刘秀酒醒后非常后悔，跳下太庙身亡。

我已经记不得《打金砖·太庙》的倒板唱词是怎么写的，但是，如果有这样一个风雨雷电的外部环境，重新调整一下唱词，肯定效果是会更强烈的。你看过话剧《雷雨》吗？其中繁漪在深夜追到鲁家去找周萍的时候，就有一个暴风雨的外部环境做衬托。如果没有雷雨，那么这场戏也就没有足够的气氛了。莎士比亚的戏中也有运用暴风雨衬托人物心情的例子，你能让你的家长给你讲一两个例子吗？

但是，大自然也有风平浪静、鸟语花香的时候，并且这样的时候似乎更多。比如《西厢记》①中红娘引导崔莺莺扑蝴蝶，生活中做这件事时是没有声音的，至多在扑时"带"出一点风声。可是到了舞台上，红娘扑蝴蝶的姿势很优美，忽快忽慢、节奏分明。崔莺莺呢？在一旁观赏也得有个"站相"，并且这"站相"时时要和红娘的动作相呼应。在舞台上表现这样一个"事件"就应该把它"掐段儿"——用今天的话讲，就是要分成几个层次。如果真这样做，层次和层次之间，就需要用一种声响把它们"隔开"。什么声响最好、又最省事呢？显然就是"锣鼓点儿"了。

再比如，两口子在家里说些不要紧的话。按道理不必加锣鼓点了，可是你仔细观察一下京剧每当反映这类情节时，依然给加上了。加在哪里了呢？比如，丈夫讲了一段

---

① 即传统剧目《红娘》。唐朝书生张君瑞赶考途中，在普救寺遇已故相国的女儿崔莺莺，两人相爱。崔家赖婚，使女红娘从中牵线，姻缘得成。

比较长的话语，如果让他一口气像数快板一样讲下来，就没意思了。如果根据他讲的内容，也在当中可以划一个句号（或者分号）的地方，用小锣轻轻地敲它一下："Dei！"于是就把很长的一段话给分割开了，这样讲话的层次也就更鲜明了。

举这几个例子的目的，是说明生活本身可以"艺术化"，用锣鼓可以修饰、调整本来平淡、拖沓、冗杂、呆板的现实生活。但是，事情还可以反过来再想，就在人们的内心之中，是否本来就存在着"锣鼓"？让我把话说得再明确一些——生活"艺术化"时，锣鼓是从外边硬"贴"到人物行动上面去的，经过这一"贴"，也能美化人们的观感、愉悦人们的感官。现在的问题是：人们内心在进行心理活动（并由此产生相应的形体活动）时，有没有"锣鼓"存在并制约着这些活动的进行？

我说是有的。是"心中锣鼓"的存在，才导致出舞台上的锣鼓敲得震天价响。人们在想事情时，怎能没有"锣鼓"呢？比如《群英会》，讲的是曹操率领八十三万人马进军江南，他虎视眈眈，踌躇满志，不可一世。可《群英会》里曹操第一次上场，在20世纪50年代以前的演出中，一直都是比较草率的。那时曹操这样出场：四名兵士引导曹操上来，曹操唱过四句西皮摇板，坐下；然后蒋干上场，报告从周瑜处盗来书信之事；曹操一听不高兴了，立刻杀掉蔡瑁、张允；杀完之后，才又猛然醒悟，知道上了一个大当……这样处理，曹操一上场就处在绝对的劣势，不但和历史上的三国实际情形大不一样，而且就戏论戏，也觉得没有形成对峙，高潮起不来。著名花脸演员袁世海从20世纪50年代起，先后对这段戏做了两次大的修改。第一次是改变了西皮摇板的唱词。原来突出曹操下江南的目的，仅仅是"造下了铜雀台缺少二美"，袁世海改过的唱词，则突出了曹操军事家、战略家的气度。第二次的改动更加重要，就是曹操一出场的脚步变了，脚步的变动引出锣鼓的变动。他为曹操设计了一种"涮八字"的走法，把身子重心放低，两脚的"八字"步"撇"得更远，并且是呈弧线状"撇"出……观众这时都要鼓掌叫好，原因是从这个再简单、也再鲜明不过的脚步，就理解、体悟到曹操此时此地的心境——他可真够横的，也够执着和天真的，最后虽然仗打输了，但仍然不失为一位千古豪杰……许许多多的联想，就从这种脚步（以及相应的锣鼓）当中，不折不扣地给"走"出来了。

这个例子还说明：作为一个好的京剧演员，一辈子最留心的，应该是自己心中的"锣鼓"是否敲得准确、敲得响亮。前面说过，京剧演员只能演自己行当的人物。今天，每一个行当经常和观众见面的人物，也就那么十几个或者几十个。拿袁世海扮演的架子花来说，如今有名的人物也就是张飞、李逵、鲁智深、窦尔敦、曹操、严嵩、潘仁美那么一二十个。并且每一个人物都被无数前辈演员刻画得各有特点，你想在前人基础上再迈进一步真是谈何容易！然而只要一门心思扑进去，那么必定能有所成。这个"有所成"也是有规律的，大约需要经过以下的几个过程：

第一，把人物的思想脉络搞清楚、搞准确。像《群英会》这出戏，从立意来讲是"尊刘贬曹"的。历史上的三国史实是一回事，京剧中的三国戏又是一回事。尽管京剧中的三国应该力求去贴近历史，但这又不是短时期能够完成的任务。何况中国的老百姓喜欢从演义中去发现历史，这一种"传统"不能轻视。根据这一观点来回顾袁世海对曹操出场的修改，就不难发觉第一次的修改是"皮毛"上的改动，第二次的修改才触及本质。第一次改唱词，等于给人物换了一张使观众感到陌生的脸谱。原来的曹操是作为奸臣出现的，既要抢夺江山，又要掠夺别国的美人，并把掠夺美人隐藏在抢夺江山之中——这样处理，应该说是很高明、也很协调的。如果仅仅通过修改个别唱词，就企图树立曹操的军事家、思想家和文学家的形象，事实上是办不到的。因为整个戏的基本情节没动，整个戏的主要冲突没动，就没有办法扭转"曹操仍然是奸臣、应该受到贬责"的思路。无论怎么动，都属于"皮毛"，动得越多，人物形象的轮廓就越乱。

第二，等把人物的思想脉络抓准了之后，就要设法在心中敲起"锣鼓"，然后让自己的全身都随着这"锣鼓"动起来。京剧演员"动"的办法很多，不像话剧演员那样

"光说不练"。前面讲到曹操的出场，在袁世海之前，扮演曹操的演员都是迈着方步出场，和一般的武将出台没什么差别。但是，既然想让曹操一出场就十分醒目，那么在脚步上就不能掉以轻心。因为他这时惦记着蒋干此行的结果，他的头部和上肢都不可能有大动作。所以说袁世海说第二次的修改"触及本质"，是因为注意把握这时人物心中的"锣鼓"，并让它带动了人物外在特征（脚步）。能够想到并且做到这一点是十分不容易的，年轻人往往意识不到心中还有"锣鼓"的问题。袁世海也是一样，他四十多岁时首先想到的是改唱词，等到为曹操设计"涮八字"，已经六十开外了。

还有第三，就是心中的"锣鼓"和场上的锣鼓谁服从谁的问题。表面上看，演员上台就不免紧张，身上的服装，脚下的厚底鞋，额头的眉毛也"吊"上去了——总之，浑身上下没一点舒服劲儿，只要稍有松懈，就会"跟"不上锣鼓或胡琴。但是，优秀的演员则从容不迫。之所以优秀，首先是他们能在每次演出中，都把心中"锣鼓"认真敲响——虽然这出戏已经演过多次，但依然得像第一回登台那样，带有一种新鲜感、带着一种激情去演出。只要心中"锣鼓"敲响了、敲顺了，那么舞台旁边的乐队也就能"跟"上。一般说，演员有什么新的打算，应该在上台之前和打鼓佬（地位相当于今天的乐队指挥）打个招呼；但是，由于同场演员、观众气氛的不同，主要演员也许会有即兴的创造（有时，是临时出了差错加以补救），这时，主要演员心中的锣鼓会异于平时，随之做出来的动作也会和平时不同，并且这一切都来得十分突然，来不及通知伴奏人员。真到了这时，考验乐队是否合格的时机就到了。真正的好乐队，平时对于主演的艺术风格应当是谙熟的，对其变化规律也应当是粗知的，打鼓佬更应当是机敏的——有了这几个条件，大约就不会出大问题。

风从四方来

世界上有风，文艺作品随之有风。

中国几千年封建社会，刮的是什么风？不是东风、西风，也不是南风、北风。而是一种来自上头、来自云霄的风。云霄在哪儿？上头又是谁？——是皇帝，是紫禁城，是"君君臣臣、父父子子"的封建伦理观念，是闭关自守、故步自封的封建秩序。这股风从上头、从云霄灌下来，灌注进每个人的脑袋，顺着脊梁、顺着血脉，流遍周身，牢牢地把握着每个人一生的一言一行。

清朝是中国封建王朝的最后一个朝代，京剧就诞生在清朝的晚期——1840 年前后。那时，太平天国和捻军起义已经震撼了清王朝的统治，八国联军也一度进入了北京，但清王朝的统治者（比如西太后和许多王公大臣）却沉醉在京剧当中，把一些最著名的艺人选作"内廷供奉"，经常召唤他们进宫演戏，自己就在京剧锣鼓当中醉生梦死。一般老百姓也很喜欢京剧，当时大多数戏园子都在外城

（今天的崇文区和宣武区①），而有钱、有文化的人大多住在内城（今天的东城区和西城区②）。那时散戏很晚，内外城交界的三个城门（前门、崇文门、宣武门）关得都比较早，于是内城的人听完了戏，就只能在外城住宿，第二天再返回自己的家。这瘾头有多大呀！当时的北京，几乎没有其他的娱乐形式能够和京剧抗争，京剧名伶在社会上的影响很大。就说有一次，庆亲王家里有人过生日，请谭鑫培去唱戏。谭来时，庆亲王亲自到大门口迎接，并且领谭先去一间抽大烟的屋子，让谭过足了烟瘾。后来，庆亲王乘机向谭请求当晚多唱一出戏。谭则回答："这本来不难，只是我的病才好，恐怕不能从命。如果非要我唱两出，除非那位军机大臣跪下来向我求情——给了我这么大的面子，我也就只好不顾性命去唱戏啦！"谭鑫培说这番话，纯粹是推托。因为当时，一位军机大臣和一个京剧艺人的社会地位是有天壤之别的。但是没料到，谭的话音刚落，旁边一位穿着朝服的军机大臣就给谭鑫培跪下了！他就是那桐，军机大臣，满族人，也是皇上的亲戚。由此可见，京剧在清朝末期的社会位置是多么显耀了。

清朝被辛亥革命推翻之后，尽管政局经常变动，尽管

---

① 崇文区与宣武区为北京市原辖区，原为北京四个中心城区之一。2010年7月，崇文区撤销，与东城区合并为现在的东城区；宣武区撤销，与西城区合并为现在的西城区。后文同。

② 指崇文区、宣武区尚未撤销前的东城区、西城区。后文同。

军阀之间战争不停，但京剧仍然十分兴旺。那时来北京访问的外国人有三个心愿：一是参观长城，二是游览故宫，三就是到戏园子去听一回"梅剧"（梅兰芳演出的京剧）。碰到特别重要的国宾，还要加上第四件活动：拜访梅宅。每次举行这样的活动，梅兰芳先是着便装和国宾寒暄，然后引导国宾参观他那典雅的住宅，介绍中国的文化和艺术，最后又换上戏装演出一小段京剧中的歌舞。梅这一番招待都是花自己的钱，他家里的男女侍从，都穿上标准的服装，用的都是标准的中国礼仪和器皿。从 20 世纪 20 到 50 年代，梅先后访问过日本、美国和苏联，把京剧推向了世界。在梅之后，中国的京剧团出访的活动很多，在世界人民的心目中留下了深刻印象和美好回忆。在 1959 年庆祝建国十周年的盛大文艺演出中，梅兰芳的京剧演出排在整个演出的"大轴"（最后一个节目）的位置，这一点也形象地说明了京剧（曾经）在我国诸多文艺形式中的特殊地位。

可以认为，从辛亥革命成功，直到数十年前的改革开放——在这近百年时间内，尽管中国发生了翻天覆地的变化，尽管视野已经打开，外面的风也已经不断地吹进中国。但是，那风主要是政治之风，在经济和文艺领域，基本上刮的还是自上而下的风。当然，这种自上而下的风与封建时代自上而下的风，已经产生了原则区别。

然而，从数十年前提出改革开放以来，情况则有了根本的变化。年轻的朋友们，我不知道你们是什么时候出生的，不知道你们是什么时候向外界睁开了惊讶的眼睛，让我在这里展开一些猜想吧——

你们很习惯街上戴太阳镜的那些青年吧？这些茶色的太阳镜，不仅可以在街上戴，还可以在房间里戴，小伙子可以戴，大姑娘也可以戴，渐渐地，有些老年人也戴上了它。为什么戴它？有时是为了遮阳，有时为了避避风沙，有时呢，仿佛为了美容。好像不怎么"动人"的脸上一有了它，无形中就增添了点儿"派"！可是多年前，外国生产的太阳镜刚刚出现在北京街头、刚刚出现在青年人的脸上时，却曾经遭到许多上年纪人的"白眼"："看他们那副模样，商标还贴在镜片上边，丑死了！"原因是咱们的共和国成立了好几十年，一直不许生产太阳镜，而它的一种相似物——墨镜，每在电影中出现时，都戴在坏蛋的脸上！1949年后的几十年间，墨镜一直只是汽车司机、炼钢工人的工作特殊用具。在日常生活中，没有人戴太阳镜。也似乎没有人想到要戴太阳镜。在大人们的思想视野中，有谁想到要躲避阳光呢？只有一切害人虫才害怕阳光，只有一切腐朽、没落的人才会产生这种奇怪的感觉！小朋友们，你们一定要惊讶了：世界上还有这样的事情吗？

你们已经习惯了流行歌曲吧？在电视中，在网络中，在你们随意的言谈中，大约早已司空见惯了。你们已经很熟悉、很熟悉香港和台湾的歌曲了，一切都那么自然、那么从容、那么亲切。可是你们知道另外一些歌曲吗？比如

"雄赳赳、气昂昂、跨过鸭绿江"啦，比如"咱们工人有力量，嗨，有力量"啦，比如"我是一个兵，来自老百姓"啦。你们的父母（甚至是比你们父母年龄更大一些的人），就是唱着后边这一批歌曲长大的，并且仿佛觉得世界上只应该有这一种歌曲似的！所以当你们无忧无虑唱着前面那一批歌曲时，给大人的感觉简直无法形容："怎么了？歌曲中怎么会有这些东西？唱这些歌曲能给人坚韧的力量吗？能给人旺盛的斗志吗？……"但是，这些歌曲流传了下来，并且日益和中国的国情有所结合，于是中国开始涌现自己的歌星。

你们早已习惯了出售新鲜蔬菜和活蹦乱跳的鱼虾的自由市场吧？你们早已习惯了那些各式各样的个体户了吧？你们早已习惯看到冲天而起的大洋楼以及出入其中的老板、经理和董事长了吧？这些，在数十年之前都是不可想象的。但是只经过这么短的时间，一下子都在中国大地上出现了，出现的还不只是这些事物本身。早几十年，中国只有"国有"一种方式，一切都属于国家，人们生来就是要当"国家的人"，提倡一切跟着政府走，政府的政策、方针也总是一级级地、自上而下传达贯彻，不能有私人的意志，更不能有个人的买卖或者企业。而现在，国有、集体、个人三者并存，并且有所竞争，完全是前些年不能想象的一个世界。朋友们，你们的父兄中可能有知识分子，前些年他们被喊做"臭老九"，现在他们从事的科研工作被看做"第一生产力"；你们的父兄中还可能有经营商业的，前些年他们只是国企的轮盘上的一个微不足道的小齿轮，现在他们通过在商品流通方面开展工作，已经把整个中国搞得热气腾腾。

朋友们，我没有办法用简短的文字就向你们描绘出一个现代社会的准确轮廓，一是我没法完全设身处地用你们的眼睛、耳朵和心去感受，二是这个社会本身还在发展变化当中。我只能试图讲一点点感觉——一点点置身在现代社会的人的感觉，那就是尽管有了一个总的方向，但一切又是一个未知数。为了明天的好日子，一切都还得通过拼搏获取，有时仅仅依靠拼搏还不能最后解决问题。总之，每个人的一生，几乎没有一时一刻能够安闲自在，几乎每时每刻都处在高度的紧张状态当中。在这种大情势下，人们依然需要文艺，需要它来调节自己的生活——在紧张了一天、一月、一年之后，希望来一点"轻松的"东西，放松放松自己。这时没有其他目的，也顾不上有其他目的，因为"轻松"就是目的！一旦"轻松"了，目的已然达到，"文艺"就请靠边，人们又需要开始新的拼搏……人们顾不上仔细考虑"文艺"，只知道到自己需要的时候去"用"文艺。这就是当前的现实。这不能说不对，可也不能说很对。因为改革开放开始的时间还不长，人们只顾上前倾着身子向前跑，顾不上回头望一望自己跑过的道路是否弯弯曲曲，是否还需要调整一下自己的步伐和心态……

说到调整步伐和心态，我的话题就又要转回到京剧上头了。上面我说了，现代社会的人很忙很忙，实在没有精力和时间去想文艺本身应当如何发展的问题，因此也就更想不到京剧。这，的确都是实情，但又只是一方面。事情的另一方面是，人既然需要调整，"拿什么去调整"和"怎么去调整"这两个问题，又不能不早些进行考虑和策划。因为现代社会的人如果已经忙昏了头，如果因忙昏头脑致使工作出现差错，再企图通过调整来恢复头脑的情形的话，恐怕就为时太晚了。在这一节的结尾，我只说一句：京剧对于调整人们的头脑很有好处，京剧是调整人们前进步伐和心态的有效办法之一。

　　改革开放刚开始时，人们头脑中会跳出一个念头："风从西方来。"因为我们主要是向西方国家打开了大门。后来发现并不太对，因为我们和俄罗斯改善了关系，边境上展开了贸易交往，难道不是"风从北方来"？可是，我们又和越南以及南亚诸国频繁往来，似乎说"风从南方来"也没什么不可以；加上我们和日本的关系进展得尤其迅速，难道就不能说"风从东方来"？

　　正确的说法应该是"风从四方来"，而且是政治风、经济风、生活风、文化风、艺术风，等等，交织着、旋转着、错综复杂地刮过来。在这种"风从四方来"的大环境、大背景下，京剧本来早已被时代大潮"抛"到九霄云外——这已然是一种无可奈何的事实了。但是经过一段时间再看，又发现整日奔忙的人们产生了某种失调。既然失调就需要设法弥补。人们于是惊异地发现，京剧（当然不仅仅是京剧）对于弥补这种失调，往往具有奇效。

梦游迪斯尼

1984 年，中国京剧院一团团长要我写一个短小的童话京剧。她说："我们准备到中学和小学里演出，童话京剧必然受欢迎；我们出国时，童话京剧同样会受到欢迎。"于是，我写了只有一场的童话京剧《梦游迪斯尼》。

故事是这样的：中国小朋友晶晶接到美国小朋友珍妮的邀请，要她带领自己三个玩偶当中的一个，去美国迪斯尼乐园一块玩耍。三个小玩偶（孙悟空、大熊猫和小馋猫）争执不下，于是在梦中结伴来到迪斯尼乐园。小馋猫偷吃了大香肠，被唐老鸭抓住后却谎称自己是大熊猫；大熊猫帮助白雪公主克服困难之后，不愿意显露真实姓名，索性就讲自己是小馋猫。后来，孙悟空遇到老朋友、迪斯尼乐园大总管米老鼠，偏巧唐老鸭、白雪公主赶来报告——大熊猫做了坏事而小馋猫做了好事，孙悟空不相信，于是就和米老鼠一起进行调查。"戏"就从这里展开，小馋猫几经思想斗争，最后承认了错误，所有的玩偶和好如初——梦境也就在这里结束……剧团的演员都承认这出戏的故事"很好玩儿"，也"很具有儿童特点"，估计排成小歌剧或者小话剧都没问题。但是作为京剧，排演的困难就太大了——比如，还要不要锣鼓点伴奏？旧戏中孙悟空舞棍弄棒时必须有锣鼓点，一旦没有，孙悟空的矫健身手就表现不出来了。可是米老鼠、唐老鸭走路、办事时还需要吗？他们很难像传统戏里的中国古代人物那样迈着方步上场呀！

比如，这出戏如何作曲？是依旧唱"西皮""二黄"？还是为米老鼠、唐老鸭设计一些类似西方歌剧那样的唱段？如果中国玩偶和美国玩偶各唱各的，那不就乱了套？那还叫什么京剧？

还比如，孙悟空素来在舞台上以动作灵巧著称，可大熊猫怎么才能不显着笨重？大熊猫画成画好看，真要让他走上舞台，滚圆的身躯如何才能显得不臃肿？

此类问题，还有很多、很多。

总之，剧团的朋友认为，尽管这出戏的"意思"不错，但京剧"没办法演"，或者"演出来的不像京剧"。在编写京剧剧本时，编剧感兴趣、而演员却觉得"没法儿演"的事情是经常发生的。最后的结果就是不了了之了。

在多年后的今天，尤其是写到这里的时候，《梦游迪斯尼》那出小戏没能排演引起的遗憾早已淡忘，但是"梦游迪斯尼"这样一个可能使得京剧恢复童心和生机的重大议题，却不能不认真在此讨论一下。

我觉得——

一方面，从各种艺术本身的优长和短缺来讲，是有"能演"和"不那么能演"的区别的。既然摆在我们面前的艺术形式十分多，我们何必"哪壶不开提哪壶"呢？何必专门和某种艺术的形式作对呢？

另一方面，任何一种艺术形式上的长和短，都不是绝对的，又是需要随着时代的发展而不断做出调整的。尤其是一些很有影响的剧种（就像目前的京剧），由于程式过于稳定，使得京剧已经老态龙钟了。如果我们对此漠然视之，那么就只好在不久的将来为京剧唱挽歌，或者默默地把它送到博物馆中"下葬"。

后一种情况显然是不应该发生的。但是，要想对现实中已经步履蹒跚的京剧做出有效的调整，恐怕也不是那么容易。在这方面，最近几十年中我们费了不少力气，但是收效不很大。所以在今天重新提起此事，我们就应该痛定思痛，讲究一下工作方法。

我觉得，对目前给大人（甚至是给老人）看的京剧，凡是过去做对了的仍然可以继续去做；现在，则应该开辟一条新的道路——要为儿童、少年排一些"从儿童的眼睛去看、从儿童的耳朵去听、用儿童的心去理解"的京剧。

这一点我们做得还很不够。近年，为了"从娃娃抓起"，许多地方都组织小朋友从四五岁时就学唱京剧。唱什么京剧呢？都是唱那些只有"大人才懂得"（甚至是"古人才懂得"）的"成人京剧"。让七八岁的小姑娘唱《红娘》选段，怎么可能唱得好呢？你想，她自己还没谈过恋爱，怎么可能给正处在热恋中的一对青年男女"穿针引线"呢？再比如，让十来岁的小男孩去唱《四郎探母》①，他知道多少关于"杨家将"的传说，他能理解抛弃原来的妻子、隐姓埋名之后又娶了仇敌的女儿的人是什么心情吗？可是，在目前培养小朋友学京剧的少年宫里边，都是不管懂得不懂得，先学起来再说，先唱起来再讲。等到唱腔的板眼都对了、等到身段表情准确无误了之后，慢慢地再去理解剧情。这样做的后果，实际上就是下大气力去培养一批"小老艺人"。随着他们一天天长大，他们的确是和京剧的"传统"步步接近了，但是也和时代的脉搏越来越疏远了。这，显然不是办法。

正确的办法应该是"三步棋并举"，或者叫"三步棋逐步深入"。

第一步，是认真搞一些小孩题材的京剧。就像《梦游迪斯尼》这样的戏，从题材上讲，它应该是属于20世纪90年代的儿童、少年所理解、所感兴趣的。虽然在"京剧化"上困难比较多，也是值得搞的。因为排这样的戏有一

---

① 传统剧目。亦称《四盘山》《探母回令》《北天门》。宋辽交兵，宋将杨四郎被擒，又被辽邦萧太后招为驸马，与铁镜公主成婚。宋营佘太君押粮至边关。杨四郎思母心切，公主助四郎过关。家人短暂相聚，事情泄露，萧太后欲斩四郎，公主为其求情，四郎最终免于责罚。

个最大的优点，就是可以保持、发扬小朋友的天真和童心。它的观众主要应该是小孩。我们过去也排过一些以儿童、少年为题材的京剧，像30年前排演的《草原小姐妹》，实际上还是用大人的观点去处理的。最后的演出，实际也是演给大人看的。

第二步，是把排演儿童题材京剧中的经验，拿到排演以成年人的活动为题材的新戏中。这样，就可以进一步锤炼京剧的表现程式。它的观众可以是大人，也可以是小孩。比如中国历史上有名的故事，比如以前我们排演过的许多新编历史剧或传说戏，像《满江红》《正气歌》《八仙过海》《碧波仙子》，等等，以往的演出都是按照大人（甚至是老人）的想法去做的。现在完全可以拿过来重新处理一下。你不信？那好，如果把这些故事拿给从前的孙敬修老爷爷①，或者现在的丛薇姐姐②，他们的讲法一定不同于田连元叔叔③的评书说法。北京有一家"中国少年儿童艺术剧院"，是演话剧的，可题材不光是童话，也有"正儿八经"的成人题材，但是拿给小朋友演出时，都换了一种"口气"，变成孙敬修或丛薇讲故事的口气了。其实我觉得，中国少年儿童剧院不应该仅仅演出话剧，应该还有一

---

① 孙敬修（1901—1990），中国著名儿童教育家、讲故事专家，在中央人民广播电台给少年儿童讲故事几十年，被孩子们称作"故事爷爷"。
② 丛薇，北京电视台著名主持人。
③ 田连元，著名评书表演艺术家，代表作有《水浒传》《杨家将》等。

部分熟悉京剧的人，把适合成人看的故事，运用京剧的表现手段，"翻译"成适合儿童看的"准京剧"。什么叫"准京剧"呢？就是"接近京剧的京剧"的意思。让小朋友先看惯了"准京剧"，长大了再"升格"（就像现在的"升班"一样），去看目前给大人看的"标准（正式）京剧"。

第三步，是把排演前两类剧目的经验，拿回到整理重排传统老戏的过程中，让这些老态龙钟的经典之作重新焕发青春。它的观众主要应该是大人，尤其是那些看老戏很有经验的老人。这里需要注意，老人不会一成不变。昨天的老人和今天的老人，喜欢的东西不会一样。昨天的老人可能是一个专断的老太爷，他在家里咳嗽一声，别人就不敢说话了。他喜欢的是封建家长制。谭鑫培有这样一个故事：一次，他到颐和园去给西太后唱戏迟到了。对于一个艺人来说，这件事罪过不小。西太后看完戏后，把谭鑫培叫到跟前，问他为什么来晚了。谭回答说："都怪奴才平日治家太严。"这话绕了个大弯儿，谁也听不明白。于是西太后让他把话说明白些。谭这才讲："我在家里睡午觉睡过头儿了，家里的晚辈儿都有点怕我，谁也不敢把我叫醒……"西太后一听反而高兴了，便对两边的大臣讲："你们听听！你们听听！他一个唱戏的，家里的规矩都这样大，可你们呢？可你们呢？"意思是说，你们这些做大臣的，就等于是皇上家的孩子一样，能像他家里的孩子对待谭鑫培那样对待我吗？西太后一高兴，不但没有治谭鑫培的罪，反而还给了谭不少赏赐。今天的老人当然不会等同于谭鑫培，也更不会等同于西太后。他们都有自己的奋斗经历，无论是在家里，还是在社会上和工作中，都注意培养和开展民主作风。同样的道理，明天的老人又势必会比今天的老人更强。老人如此，老人的京剧同样如此。

京剧是诗剧。诗的本质是天真，是赤诚。尽管今天的京剧表面上已经十分衰老，尽管今天的京剧程式十分凝固，但只要用"童心"这一把"火"去点燃，就一定能把僵死的东西烧化，然后重新凝结出新的程式来的。正是这个道理，我才产生了上面"三步棋并举"或者"三步棋逐步深入"的看法。小朋友，你觉得有没有道理呢？

未来的京剧

在中国戏曲的大家庭中，京剧自其诞生之日，就以"家长"的面貌出现。这种日子已经维持了一百四五十年。作为"家长"，最初它还是很和气、很随便的，它曾经在同一个舞台上，让河北梆子与自己同时存在，当时人们称呼这种演出方法叫做"两下锅"。后来，它就慢慢变了脾气，对于其他弱小的剧种，开始摆起"家长"的架子来。可是，当京剧正在摆架子的时候，有许多年轻的剧种迅速成长了。先是在本地扎根，然后又一步步向外边扩张地盘。于是，在珠江和长江流域，在东北的黑山白水之间，许多地方戏成了当地的主要剧种。而京剧的地盘只剩下华北一带和上海等少数几个大中城市。今天，除了京津仍然盛行京剧之外，其他地区的京剧团大多岌岌可危，有的甚至不得不解散了。

京剧在它的大本营北京，萧条的情况特别明显。虽然正式在编的京剧团有 16 个之多，但每天晚上上演京剧的剧场，一般也只有三四个，而且上座率一般也就在四五成左右。这可怎么办？另一方面，在北京自发形成的票房却比比皆是，据熟悉这方面情况的人统计，至少有三四十个之多。如果同时活动起来，总人数可在万人以上。但是奇怪得很，这么多热衷于京剧的票友却很少进剧场，他们在露天的简陋活动场所中自得其乐，他们也很注意师承，那就是从以往的唱片中追寻某种"韵味"。

这种矛盾的现象应该引起我们的思索，并且应该从思索中找出应对的办法。最近这几年在"振兴京剧"的口号下，人们已经采取了若干措施，也已经取得了一些成绩。为了使得京剧在我国未来的现代化过程中起到更大的作用，也为了让京剧在未来的国际文化交流中起到应有的作用，那么，京剧的当务之急就是应该抓紧理论研究，从学术上为京剧定性、并且找准京剧应该承担的任务。如果这一项工作做好了，那么京剧演出的实践就会兴旺起来，京剧就会对时代、对人民做出更大的贡献。

未来的京剧，应该是一种什么样子呢？应当承担什么样的任务呢？

第一，它本身的舞台艺术应该进一步提高，趋向古典、趋向经典。

因为目前舞台上经常演出的京剧剧目，以及经常显露的表演方法，大多处在一种"金沙不分、龙蛇混杂"的状态之中。有很好的，有比较好的，有比较糟的，甚至还有少量坏的。而且，如何采取最有效、又最简便的方法去看京剧、去品评京剧，是当前很多人还没有注意到的一个问题。因为我们无论做什么事情，都应该力求寻找一条最省力、又最有效益的办法才对。偏偏喜欢京剧的人对此不很注意，结果事倍功半的时候很多。换句话说，就是欣赏京剧应该遵循一条科学的道路。而现在的问题有两个：一是京剧本身还不够科学，二是科学地欣赏京剧的办法还没有找出来。

怎么去提高京剧的舞台表演艺术呢？办法也有两条。一是把存在于舞台的各种剧目、各种表演方法都加以整理。二是"从娃娃抓起"，这"娃娃"不仅是指吸引儿童少年来欣赏京剧，而是要按照儿童的心理去"再造"新一代的京剧。只有把这两个方面结合起来，我觉得京剧才有希望，才有可能健康地走向未来。

第二，京剧应该承担起辅导地方戏剧种和帮助电影、话剧实现民族化的任务。

在中国戏曲三百多个剧种里，京剧属于几位老大哥当中的一位，而且还不算是太衰老的老大哥。他完全应该、也完全能够担负起辅导其他小弟弟、小妹妹剧种的任务。昆曲是一位比京剧资格还老的老哥哥，近年他比较安心于辅导小弟弟、小妹妹。像杭州的几十位昆曲老艺人，就辅导出了一个"浙江越剧小百花剧团"，一下子名震全国！京剧的许多老艺人，目前仿佛还不太乐意当教师，尤其不愿意辅导地方戏剧种出人才。

电影、话剧本来不属于中国的"土产"，它的老家在外国。如何让它们真正在中国安家落户？恐怕就需要京剧来帮一帮忙。因为在电影、话剧出现之前，中国的老百姓早就习惯喜欢了京剧。京剧那一套审美观念早就深入人心了。现在，让洋东西为中国服务，京剧总不能袖手旁观吧？

第三，京剧通过提纯和耙梳，应该在艺术上对京剧文化有所丰富、有所完善。

过去京剧曾经有过几度繁荣，研究一下繁荣的原因，不难得出这样的结论：是当时当地的京剧文化，在艺术的背后支持着舞台演出获得繁荣。现在京剧不景气，现象表现在舞台上，根子实际产生在京剧文化的衰落上面。所以现在抓京剧的振兴，实际也应该从京剧文化抓起。从文化入手去抓艺术，事半功倍；反之，就事倍功半。

京剧曾经是咱们老祖先留下的国宝之一。今天还是不是呢？今后还是不是呢？这答案且不要匆忙定，还是请大家都来参加（演戏、看戏都算），通过"参与"，才知道它到底好在哪里，不足又在哪里。知道了这些，然后就可以让它好的地方更好，不足的地方化有为无——这样一来，岂不是"百尺竿头、更进一步"？朋友们，京剧的未来也就算交给你们了。请你们多关心它、多爱护它，同时也严格地要求它。朋友们，你们可要负责到底啊！

第二辑　京味

梨园没不爱吃的

梨园人的"活儿"累，累过之后就需要补充。就在补充的同时，往往又不知不觉继续研究起艺术来，于是舞台表演和饮食文化也就在不知不觉中实现水乳交融。梅兰芳在《舞台艺术四十年》中，曾回忆当年在北京有名的山东饭馆"泰华楼"吃饭，曾问伙计最普通的"小碗烩饼"为什么会那么好吃。

梅问："饼搁在锅里，为什么清汤不变浑浊？饼很烂，为什么摆在碗里一丝不乱？饼为什么那么入味，还带着焦香？"

伙计笑答："这都是掌柜的精心设计出来的。我们用的饼得是头天烙出来的，至少晾上一夜。因为当天烙出的饼，一烩就发粘，不好吃。要把头天的饼切好了摆在漏勺里，大锅滚开的高汤，一勺一勺往漏勺里浇，浇透了往碗里一倒，不带一点汤，另外再加勺用文火炖的原锅清汤，所以汤是清的，最后再加一点糟鸭丝和豆苗提提味儿。"

这番谈话分明进入了艺术境界。"小碗烩饼"并没有使用山珍海味，但它在技法上确实费了一番脑筋，几个"回合"全都恰到好处。联想到舞台表演，人物服装也不是越华丽越好，过去京剧有句老话，叫做"宁穿破，不穿错"，就是这个意思。京剧史话称赞尚小云《四郎探母》的萧太后特别有气度，但归功于他穿的那件"旗蟒"是清宫中的原物。这样讲就本末倒置了。因为清宫原物，或许华贵有余，但舞蹈起来肯定会有妨碍，穿上那样的服装是不利于演出的。尚小云为什么能演出气度来？则和他与清宫人物的结交有关，平时见多了，对其身分、动作摸熟了，到了舞台之上，稍加融汇，就成为"京剧化了"的动作。

我觉得，把梨园名伶关于吃的谈话，编辑出来，肯定会是非常好看的一本书。名伶们会戏，也就会吃；相反会了吃，演戏自然高人一筹。真是两不耽误。

南白北马

二十世纪初，北京有个"南白北马"的说法。

能够"南北"并称，这在中国历史上很流行也很时髦，完全是赞美的意思。无论姓什么，这人物不能小，其行业和社会意义更不能小。大抵在二十年代前期，梨园中竞称"南欧北梅"，欧是欧阳予倩，梅则是梅兰芳，南北曾经呼应了好几年。等稍后北京四大名旦及四大须生横空出世，南方气势顿减，"南欧北梅"的提法才渐渐变成历史。1949 年以后，话剧导演界又有"南黄北焦"之说。焦是焦菊隐，北京人民艺术剧院的总导演，一手导了"郭（沫若）老（舍）曹（禺）"的许多戏，还给整个剧院创立了学派；黄是黄佐临，上海人民艺术剧院的总导演，他理论上比较强，后来还提出了"世界三大戏剧体系"的说法。此外在戏曲研究界，还有一个"南王（季思）北张（庚）"，二位老先生在美学理论上各有建树。

说到这儿，性急的读者或许猜测标题中的"白马"究竟何人了——莫非就是白朴和马致远么？我回答说——不，不是的。就元曲和元杂剧而言，"白马"大抵齐名，但很难以"南北"分。我说的"南白"，乃是北京前门外大栅栏门框胡同当中，一家卖豆腐脑的小贩。至于"北马"，位置则在北京鼓楼，做的是同一种生意。您听了先别笑，这当中还有些耐人咀嚼的历史内涵：北京在明嘉靖之前仅有内城，主要商业区就在"地安门到鼓楼"这一带。等到明嘉靖修建外城，商业区就逐步挪到了前门之外，原先中国都城"前朝后市"的格局就遭到了破坏。但老区的这一种繁盛行业，不肯随便就此消失，而是鼓起勇气，奋力和新区同一行业的佼佼者进行对峙，"南白北马"便在这个大背景下诞生，世俗民众遂以"南北"之称进行勉励。我不能保证"南白北马"一定就有如何显赫的成就，但老百姓这样看待它，却是充满了文化精神的。由此可以看出，北京的市井文化之深，在其他城市是不多见的。

今日重提南白北马，又感到有新的体会。我觉得，如果不用过于苛刻的眼光审视，这南白北马简直就可以视为是整个北京饮食的源头。一个豆腐脑，它实在太小了，但后来北京城繁多的饮食花样，不就是在这小而又小的基础上发展起来的么？这是一。还有二，就我个人言，能够捕捉到这个"源头"也实是幸事。就由它往下延伸——到以后山东菜系的"八大楼"，到"全聚德""东来顺"的兴起，再到新时期的"东北大菜"等等，也就有了一条鲜明的发展脉络。

酸梅汤的那一"舀"

　　老北京有个"信远斋"，位置在宣武门外的琉璃厂，专卖的东西有两样，一是红果蜜饯，二就是酸梅汤。后者是专在夏天卖的，这汤怎么酸甜适口就不说了，咱专说它怎么卖。当年是用一个宫里用过的大瓷缸，上边有很漂亮很细致的花纹。擦干净之后，把做得的酸梅汤倒进去。然后四围用冰镇上，得镇一天以上，让它凉透了。单说卖汤的这位小伙计，人长得精神不说，还得一身短打扮。手里一根用竹筒做的提子，顾客要时就用它舀。顾客进门，伙计得先搭话："这位爷，您来碗尝尝!"一边说着，同时就用这提子去舀。那动作是有程式的，得干净利落，得让进门的梅兰芳、尚小云们看了舒坦。等满碗的酸梅汤递给顾客之后，掌柜的似乎就应该"出台"啦——真是名伶来了，不妨问人家近来正在排什么戏。要是老资格的文化人来了，就不妨问近来读什么书……

　　昔日喝过"信远斋"酸梅汤的人，总不会忘记那一"舀"。"舀"位于高处，是远景，那伙计一碗接一碗给顾客盛着。掌柜位于水平线上，是近景，和四面的客人周旋着。远景"加"近景，合成为一幅伸缩有致的文化景观。

"信远斋"早就搬出了琉璃厂，但生产的酸梅汤依旧在各处的食品店代销。通常是盛在圆形的玻璃缸子里，服务员穿什么的都有，面对顾客是干巴巴的一声："多少?"顾客态度也差不多："半斤吧。"服务员手中使什么的都有，很干脆的："给!"顾客交钱，拿东西，走人，一整个过程也就完结。明明还是"信远斋"的东西，论质量比当年一点不差，但从顾客心里去感受，酸梅汤明显变了味儿。我想，作为老字号的东西，在卖的方式上还应讲究那一"舀"——只要坚持的时间一长，它潜在的影响就会出来。

北京"城"的吃

如果把北京当成一个人，试问"他"在吃的上头都经历过哪些阶段？

这，可以从前边的《南白北马》说起，甚至可以从还没有北京外城时说起。那时北京最繁盛的商业区是在地安门至鼓楼之间，当时饮食业应该是以小而又小的买卖为主，因为还没有"南（城）"，也就无所谓"北（城）"。"南白"还没出世，"北马"自然也没露头。稍稍出名的应该是"北马"的祖上，这样那样的摊贩。稍后，北京修了外城，商业中心开始南移到前门之外，"前朝后市"的格局被彻底打破，于是才出现了"南白"与"北马"的对峙。

这种状态延续了许多年。要经过一些灾荒，要等一些外地人（比如山东人）进入北京，外地的饮食习惯一点点潜移默化地影响着北京。于是某一天，北京才惊叫着山东菜系整个占领了城市。那是属于"八大楼"的时代，其中又以"东兴楼"成为他们的首席代表。厨子和跑堂来自山东，名贵菜肴的原材料也来自山东。祖上一辈在北京服务，结果又把下一辈人成批招了来。北京的饮食业是山东人的天下，北京有两个或三个山东人的"帮"，有的专门经营炒菜，有的专门经营烤鸭。老的去，新的来。这种情况和今天在北京的某些外地"帮"有些相似。"八大楼"称雄是在二十世纪的头一二十年。随后步他们的后尘，北京又有了"八大居"和"八大春"崭露头角。

稍稍过了一二十年，南中国的风吹到了北京，那里的饮食习惯也悄悄影响了北方。于是，更加单一的"全聚德"和"东来顺"打败了"八"的系列。"八"实在太庄重、太烦琐了，不如"单一"的鸭子或者羊肉吃得痛快。

在临近二十世纪中叶的那些年，"前方吃紧，后方紧吃"是一普遍现象。等越过了二十世纪的中叶，终于赢得了持久的和平。"全聚德"和"东来顺"照样红火，但昔日的四大菜系变成了更加宽容的八大菜系。又过了二三十年，日子有时平静，有时则不似战争又胜似战争。在终归海晏河清的时候，广东的粤菜携带着清新之风翩然北上，急速占领了北京饮食业的制高点。粤菜讲究生猛海鲜，厅堂餐具都极其讲究。伴随着改革开放的深入，粤菜渐渐不再是一枝独秀，南中国其他地区的餐饮之风也吹遍北京每个角落。

作为北方和京都，生猛海鲜毕竟是"不经吃"的。再好的食品，人也会有个腻。粗茶淡饭的"东北大菜"或者"家常菜"很快又风靡了京城。各种"火锅"连同其中的

"文化"也在北京扎根。

西餐业缓慢复兴。大宾馆中的西餐自助餐受到年轻人的欣赏。"麦当劳"和"肯德基"两大西方快餐,风靡了整个北京和整个中国。

老字号普遍受到冲击,"全聚德"推出快餐,"东来顺"受到各种"火锅文化"的挑战。四川菜只要有辣就行,各种小饭馆铺板打出"川菜"的招牌,价格便宜的"麻辣烫"更是受欢迎。

今天北京城首先变了样儿,那个中轴线两边对称的格局被打散了,出现了许多新的小区和卫星城,其中的人也以各自习惯的方式生活着。外来人与本地人互相包容,有矛盾也有统一。至于饮食上的差异,倒是小而又小的问题了。

北京人在文化上开始认识和接受"多元",北京城的饮食也真正进入了"多元"的时代。

人们正以满怀的期望,呼吁和等待着"新京菜"的到来。

第三辑　京韵

永远的中轴线

现在的北京，是在明初一举盖成的。明成祖朱棣在南京即位后，觉得南京缺少他自己的社会基础，便积极筹划迁都。准备并施工了十三年，北京的内城城墙，连同其中的皇宫、街道、民房都基本就绪——形成了一个正方形的城市（今天的内城），他就颁布圣旨，宣布迁都北京。

人类时刻都在关注东西南北。日出于东而没于西，周而复始又开启新的一页。北寒而南温，是要稍微经历一段时间才能感觉到的。当然，南半球的冷暖恰恰相反，但中国人一直无从感知。久而久之，东西相比，东为上，南北相比，北为上。坐北朝南，就成为君权、正统必须具备的一种形象和态势。

世界上没有哪个国家和民族，像中国这样关注东西南北；中国当中也没有哪个城市，像老北京那样"斤斤计较"于东西南北。

首先，是东西南北的观念，造就了中国的帝都文化。当然，帝都文化反过来也极大丰富了东西南北的内涵。北京城从一建城开始，就依据了一条鲜明的坐北朝南的中轴线。

老北京，得到一个背倚长城的大视野，它坐北朝南，俯瞰中原万物，气象万千。昔日的皇帝，同样坐北朝南，俯瞰中原以南的各省，同样也气象万千。从这里入手琢磨老北京和老北京中的帝王，我们就可以得到无穷的乐趣和答案。

东西南北的理念也涵养老北京的居民，使他们无时无刻不在关注自己的一言一行是否符合"东西南北"的规范。

比如北京人选择住宅，无论是买是租，一是看房子质量，同时也要看其方向。就民居而言，比较好的房子是四合院。但作为一个整体，它通常也需要坐北朝南；北京东西向胡同中，有一半房子是坐南朝北的，因此也有同等数量的房子处在后者位置上。这样，就形成了比较、衡量——一般来说，后者次一些的，价格则低廉一些。

东西南北这种地理概念在老北京城里的落实运用，久而久之，也出现了略有影响的派生物。比如民谚"有钱不住东南房"，因为北屋才算"上房"，南房背阴，东房又挨西晒，于是比较下来，只有西房才是四合院中最差的选择。不知旧戏中称呼皇帝宠妃为"西宫"，是否和现实生活中的这种智慧有关？比如"衙门口，朝南开，有理没钱别进来"，衙门就是官府，官府的背后就是皇上，都是要坐北朝南的了。还比如"不撞南墙不回头",为什么撞的非得是"南墙"呢?因为发出这种感叹的人,是站在北边(坐北朝南)的立场上。从北边的立场看,最大的背叛就是脱离北边的管辖向南闯,碰了头是活该的,如果碰头还不知悔改就更是罪上加罪。在北京,这类民谚挺多的,每一条都值得再三玩味。还有,在慈禧和光绪斗法激烈的时候,宫廷中的太监偶然谈起这件事,都习惯把慈禧简称为"西边",地点发生在宫廷,可这种习惯却属于民间。

悠悠的胡同

多年以前，有一次和汪曾祺先生聊起梨园人的容易知足。我说，老一代名伶大多世代居住在宣武门外那一小块地方，亲戚朋友在那儿，卖柴米油盐的小店在那儿，甚至连戏园子也集中在那儿，简直可以说，几个月不出方圆几里，丝毫不成问题。汪先生听了，点点头讲："我写过一篇《胡同文化》，你可以找找，看看。"没多久，这篇文章还真让我找到了。汪先生这样说：

> 北京人易于满足，他们对生活的物质要求不高。有窝头就知足了。大腌萝卜就不错。小酱萝卜，那还有什么说的。臭豆腐滴几滴香油，可以待姑奶奶。虾米皮熬白菜，嘿！……

这是最纯正最地道的写老北京的散文。您光看还不行，得悠着劲儿去读，去吟诵。最后的那个"嘿"字儿最有味儿，不知您吟出味儿来没有？

旧时代的梨园人，可以不问国事，就按照老辈们留下的规矩在胡同中做自己的事，走自己的路。但大街上的新闻，也还是一点一滴渗透进胡同深处，他们尽管足不出户，也可以把时代脉搏掌握得"差不多"。百多年来，京城上空变换过多少旗帜，但胡同深处依然故我。大街上走过辚辚战车、衮衮政客，以及涌现出各式各样的壮烈场面，对胡同来说仅是"水过地皮湿"。

北京人是讲究走路的。因为老北京城无论大街小巷，多是横平竖直，所以北京人走路无法取巧，无论选择什么路线，到头儿都是拐硬弯儿，比较起来也还是一样长短。即使是这样，北京人走路依然是有选择的。走大街，干净倒是干净，就是乱，搅和得你不得安生。钻胡同，鞋子容易吃土，但似乎更安全，你不愿意见的人或事儿，多绕一下也就"躲过去"了。老北京的地名生活化，不像其他城市的胡同街道，总喜欢用城市名称来命名——比如"南京路""广州路"什么的。北京的"扁担胡同"有十一条，"井儿胡同"有十条。既然人们开门就有七件事，所以北京也就有了柴棒胡同、米市胡同、油坊胡同、盐店胡同、酱坊胡同、醋章胡同和茶儿胡同；既然人在生活中经常要接触金、银、铜、铁、锡这五种金属，于是就又有了金丝胡同、银丝胡同、铜铁厂胡同、铁门胡同和锡拉胡同。走在这类名字的胡同中，人觉得踏实。

北京人走路讲究走胡同当中，那心态是自由的，感情是亲切的。喜欢在胡同中走路的人，多半不会是高官富绅。尽管如此，北京人却又谨慎，无论怎么也不能逾规，不能失去方向感和方位感。前者，是胡同横平竖直，使你随时能知道哪儿是南哪儿是北；后者，是北京人都明确知道自己此时此刻的立足之处，是在京城的什么位置，或者说，立足之处与皇城中轴线的距离与方向。过去，保持这种感觉是一个臣民的本分。在西方，近代奔涌而出的是一种"公民意识"，不论是权贵还是平民，都首先是国家的"公民"。从这一点上说，谁比谁也不差。唯独中国，不管达官贵人还是平民百姓，首先要明确自己是皇上的"臣民"或"子民"。中国从 20 世纪初取消帝制之后，对皇权的仰视和敬畏有所淡化，但对中国传统文化的皈依感却没有减退多少。

北京城近半个世纪来发展极快，城区面积扩大了好几十倍。原来南城（原宣武、崇文两区）南部有许多"义地"（埋死人的坟茔），铲平之后都盖起了高楼。原有的四个城区之外，又增添了更多的"城区"，新的高楼大厦连成一片。这种发展有目共睹，但也留下了一个问题：胡同怎么办？老的胡同存在于老城区，老城区中每修建一片楼房，就要"铲除"掉若干胡同；与此相对应的，则是在新楼之间的空隙，见缝插针盖起了许多新楼。这些在缝隙中产生的不甚规则的新胡同，则往往被称为"北三条""东二条"什么的。胡同原先的文化功能在这里已经看不见了，甚至在原来的老胡同中也已淡化。那种自得其乐并自给自足的胡同文化，都已经很单薄脆弱了，相反，原先很少见的以邻为壑的文化心态反倒强了许多。

胡同中多熟人，也多真实的人和诚恳的人。胡同中很少见以邻为壑，但大街上就比比皆是。大街上多大衙门大机关，比的是谁的位高权重，有了事儿走公文，见面得先预约。在胡同则用不着，谁还不知道谁呀，有事儿推门就进，见了面可以拍着膀子聊。

由此联想到唐代的"坊市制度"，唐代居民被强制住在"坊"（整齐划一的方形居民区）中，四周有高墙，晚上坊门一关，就别想自由出入。做买卖也有限制，官府设立了东市西市，什么时候办，什么时候收，都是"官面儿"说了算。后来宋代突破了坊市制度，才使商业获得极大发展，才有了《东京梦华录》上描绘的生动场景。随后，一个个朝代飞跃流逝，历史一次次向前奔进。到如今，居民住所间的高墙早已拆除，但心灵上以邻为壑的态势，反倒取代了自得其乐——这究竟是怎么回事儿呢？

汪先生去世已经有年，倘使地下有知，这《胡同文化》似还可加上几笔。可如今我该如何去告诉他呢？

春节时，三声入耳

城市平时就有声——市声，你摸它不着。但市声确实存在，纷纷扬扬又熙熙攘攘、由远及近更由近及远，是由人声、叫卖声、车马声（以及驳杂的汽车声）综合而成。城市既然有声，城市人所过节日自然也有声。我幼年住在北京东城灯市口，临近的八面槽有座很有名的教堂，每星期日教徒都在那儿做礼拜。我母亲是中共地下党员，但因幼年读过教会学校，因此既不提倡也不阻止我上那儿"玩儿"。我曾跟随成年教徒进去，发现他们先跪在一排排椅子背后默诵圣经，前面有神父站立在很高的位置上布道，有时有修女排列着唱诗，声音在空旷的教堂中回响，真是好听。"这，不也是他们的节日之声吗？"到了每年圣诞，就更热闹了。

但在老北京，春节、中秋和端午才是人心深处的三大节。其中"节味儿"最浓的，自然首推春节。试问春节之"声"何在？这声音，要等到除夕之夜才能不请自来。一进腊月，它就"预热"在每个京城人的心头——置办年货时，京人似乎都听到这样的歌谣："过新年，换新貌，大姑娘要花儿，小小子儿要炮，老太太要毡鞋，老头儿要毡帽……"一曲唱罢，下一曲则在腊月下旬高声唱起："二十三，糖瓜粘；二十四，写对子；二十五，扫房土；二十六，去买肉；二十七，杀雄鸡；二十八，把面发……"真等来到除夕，人们反倒安静下来，早晨睡懒觉，中午再补个午觉，为的就是晚上吃好年夜饭。

　　除夕之夜，春节之声这才真正降临，应该是三种声音的混合——鞭炮声、砧板上的剁饺子馅儿声以及店铺中打算盘的结账声。空气里的火药味特别浓重，噼噼啪啪的声音响成一锅粥。小孩儿在院子里点鞭炮，炮仗最小的叫小鞭儿，一般500头，大的有1000头。胆子大的男孩儿放"二踢脚"和"麻雷子"，女孩儿则放花，蹿起的金龙火舌可以超越房脊，街上行人也能瞥见。再说砧板声，京城几乎家家都在剁饺子馅儿，为明天大年初一吃团圆饺子做准备。有一个感人的故事，说一个妇女大年三十独自在家，丈夫出门躲债有家不能回，她听见别人家中的砧板声，不禁泪流满面。最后万般无奈，也在自己家的空砧板上剁起来，一边剁着，眼泪就"吧嗒吧嗒"掉在空砧板上。最后再说店铺当中打算盘的结账声。店铺干了一年究竟赔赚如何，明年还能雇几个伙计？如果赔了，东家明年就只能少用伙计了。旧时年夜饭时，东家会往准备解聘的伙计碗里夹一个包子，这叫作"滚蛋包子"，一会儿这个伙计就得卷铺盖卷儿回家啦。

午夜之后，三种混杂着的声音逐渐微弱，许多人家围坐在火炉旁边，由最年长的老人叙说着家族的陈年往事，年岁稍大的晚辈即使早已听过，此刻还是愿意拢着孩子再听一遍——老北京人从来不愿意忘记自己的"根"，几辈子以前的事儿多听一些，可以让自己以后遇到麻烦时，会多一些清醒。在这火炉旁边，摆着一些中年人的麻将桌子，他们机械地打着，已经没有了前半夜的兴奋，手上虽然还力求准确地摸牌出牌，但脑子里想着的只是自个的事——在新的一年当中，在哪些方面能有新的奔头儿？大约要等到天蒙蒙亮，等到最老的这位家长发话："行啦，'守岁'就到这儿吧。"于是，各屋的人（父母连同他们的孩子）这才分别散去，一个完整的四合院，这才彻底安静下来。很快各屋都响起了均匀的鼾声……

也有些四合院的主人是通文墨的，他午夜之后就独自进入书房去思索和撰写春联，他知道初一天一亮，自己这条胡同的人都要出来挨家挨户看春联，看哪家的词义好，看哪家的书法好，看哪家的春联和他家大门相互映衬达到相得益彰……性子急的人，大约午夜之后稍微待那么一小会儿，就要打着灯笼逐家去看。显然，这是无形的比赛，自己不上心能行吗？

除夕守岁累了一宿，初一人们习惯不出门，在家里养精蓄锐。一到初二，不管大人小孩儿，都在家里待不住了，

— 108 —

于是都争相到亲戚朋友家拜年。拜年不能空手，得带上点心匣子。每家最初都得买上一点，拜年时把它送给亲戚，亲戚或许又要转送给朋友，等到这样一再传递过好几个回合之后，大约春节也就到了尾声。最后那位打开匣子一看，点心要么如铁石一般硬邦邦，要么早就长了绿毛……在这段拜年当中，人们一再重复着相同的客气话，千篇一律虽然毫无生机，但每次说的时候，却又是那么真诚。

京城人物在春节期间，都习惯不动脑子，只是使劲去吃去喝去玩去乐。老北京城是一个消闲城市，平时工作效率就不紧张，然而这还不够，还要借助春节再"彻头彻尾"游乐一番。春节是中国农业社会的产物，春节刚好"赶"在一年农事已毕，农民挂锄歇息，城里人也跟着"松口气"，甚至"松"得比农村还彻底。

自 1949 年以来，又设置出许多新的现代节日，如五一、七一、八一、十一……这些节日过去都给予大庆特庆。后来逐渐被淡化。被淡化的也不仅是这些节日，就连传统的春节、端午、中秋也一一被淡化。而实际上，每个人都有自己心里的节日，"这个人"又和"那个人"不同。年轻人把学业、婚姻视为人生重大的节，自己欢庆自己，自己也创造着办节的形式；中年人把家庭安定和子女就业视为家庭之节；老年人就把保持健康和庆祝金婚，看成是人间晚晴的节日。

最后的圆明园

老京剧《游龙戏凤》① 中这样解释人们居住的京城：外边一个大圈圈，大圈圈中一个小圈圈，小圈圈里又有一个黄圈圈。说这段话的人，自己就住在黄圈圈的当中，他扮演的就是至高无上的皇帝。皇帝居高临下，当然他下视万物惯了，他想怎么说就怎么说——这种日子持续有年，任何人都无法把他怎样。自己是天朝上国，洋人都是番邦外夷，手里多了几个洋钱，就想进来通商，哪儿有这么便宜的事儿？不知趣的洋人竟还想"借用"我的港口，就更是痴人说梦。

可后来，没想到鸦片进来了，南边的中国人先吸上，很快风气就传到北京，连朝廷大臣也染上了。实在是没奈何，只好宣布禁烟，派林则徐当钦差南下广东，结果引发出鸦片战争。更没想到战争一开，就一发不可收拾，洋人

① 传统剧目。亦称《梅龙镇》《下江南》。明武宗朱厚照私游大同，借宿梅龙镇李龙店中，见其妹凤姐貌美，加以调戏，后以真情相告，封凤姐为妃。

的洋枪也真厉害，居然把大清的神勇之师打得落花流水！乱子越闹越大，都不可收拾了。外国兵从天津上岸，进来了第一次，紧跟着又进来第二次。天津称谓"津门"，是北京皇城门户，怎么能容许洋鬼子长驱直入？其实，大沽失陷，天津被占，大学士桂良奉皇帝之命已与英法两国签订了卖国条约。第二年，傲慢的英法公使，以条约换文为由要乘军舰进京，这可吓慌了咸丰皇帝，坚持不允。英法马上增兵前来挑衅，占大连，占烟台，攻大沽，陷天津，通州八里桥大败清军，咸丰从紫禁城逃跑了。联军迂回到圆明园，能掠走的，用大车、牲口统统掠走，实在运不走的，就任意毁坏。为了销毁罪证，三千名占领军奉命在园内纵火，几天几夜，烟雾笼罩整个北京城，一座世界上最瑰丽多姿的宫苑杰作被无情地化为灰烬了。至今我们只能从众多圆明园残迹旧影照片中，领略这一世界园林建筑艺术的瑰宝了。

图书在版编目（CIP）数据

京剧趣谈 / 徐城北著. -- 武汉：长江文艺出版社，
2023.6（2024.5 重印）
ISBN 978-7-5702-3106-5

Ⅰ. ①京… Ⅱ. ①徐… Ⅲ. ①散文集－中国－当代
Ⅳ. ①I267

中国国家版本馆 CIP 数据核字（2023）第 070292 号

京剧趣谈

JINGJU QUTAN

责任编辑：梅若冰　姜晶　　　　　　责任校对：毛季慧
封面设计：天行云翼·宋晓亮　　　　责任印制：邱　莉　杨　帆

出版：长江出版传媒　长江文艺出版社
地址：武汉市雄楚大街 268 号　　　邮编：430070
发行：长江文艺出版社
http://www.cjlap.com
印刷：武汉中科兴业印务有限公司

开本：640 毫米×970 毫米　　　1/16　印张：7　　　　插页：4 页
版次：2023 年 6 月第 1 版　　　2024 年 5 月第 2 次印刷
字数：65 千字

定价：22.00 元